Anna Pavignano

OHNE HALT INS BLAUE

Anna Pavignano

Ohne Halt ins Blaue

Aus dem Italienischen von Ruth Mader-Koltay

NONSOLO

Ohne Halt ins Blaue

Erste Auflage, Mai 2021

Titel der italienischen Originalausgabe:
In bilico sul mare

Published by arrangement with Clementina Liuzzi Literary Agency
First published in Italy by Edizioni e/o

Lektorat: Irene Pacini
Satz und Layout: Andrea Wöhr
Druck und Verarbeitung: CPI buch bücher.de GmbH, Birkach

Questo libro è stato tradotto grazie a un contributo per la traduzione assegnato dal Ministero degli Affari Esteri e della Cooperazione Internazionale italiano.
Die Übersetzung dieses Buches kam dank einer Förderung des Italienischen Ministeriums für Auswärtige Angelegenheiten und Internationale Zusammenarbeit zustande.

Printed in Germany
ISBN 978-3-947767-04-5

Ähnlichkeiten mit wirklichen Gegebenheiten oder Personen sind nicht zufällig.

Denn auch wenn diese Geschichte der Fantasie entsprungen ist, so gibt es doch wirklich junge Leute, die in Küstenorten oder auf den italienischen Inseln wohnen und, mit Salvatores Worten, ein Leben führen „mit einer Sommerseite und einer Winterseite, wie die Matratzen."

Ein Leben am Meer und eins auf der Baustelle.

Auf der Insel Ventotene habe ich einen der vielen Salvatores getroffen, und er hat mir von dieser Seite der Wirklichkeit erzählt, die ich noch nicht kannte. Daraus ist die Idee zu diesem Buch entstanden.

Ich möchte ihm danken, auch wenn ich seinen Namen nicht kenne.

Anna Pavignano

ERSTES KAPITEL
Manchmal tobt das Wasser so wütend in den Hafen

Das Meer ist blau, die Ziegelsteine rot. Die Wellen machen Schaum, der Kalk Blasen.

Im Sommer scheint die Sonne, und es ist heiß.

Im Winter scheint auch die Sonne, aber es ist kälter.

Meine Insel ist ein hingespucktes Stück schwarze Erde mitten im Meer, und zum Glück sind die Häuser rosa und gelb, denn wenn ich zurückkomme – vor allem wenn ich lange weg war zum Arbeiten –, machen sie mich schon von weitem froh.

Mein Boot ist weiß und blau, und ich hab es selber angestrichen.

Ich hab auch ein Sonnensegel draufmontiert, das vorher nicht da war.

Von einem, der drei Jahre lang versucht hatte, sein Motorboot loszuwerden, hab ich Polster aus Kunstleder gekauft, Sitzkissen, die wie für die Außenbänke gemacht waren: Sogar das spitze vorne für den Bug passt perfekt.

Manchmal tobt das Wasser so wütend in den Hafen, dass man tagelang nicht rein- und rausfahren kann. Und dann ist es hier, als wär man aus der Welt. Wir von hier, wenn wir abgeschnitten sind, machen einfach normal weiter und tun ganz gelassen. Aber wenn wir uns anschauen, ist da doch ein bisschen Angst. Als ob wir sagen wollten: „Wann hört das wieder auf?“, oder einfach nur: „Hört das überhaupt mal wieder auf?“

Irgendwann hört es dann auf – immer.

Dann kommen die Schiffe. Und fahren wieder weg.

Und die Touristen, wenn welche da sind, fahren wieder heim. Die sind an den Tagen, wo sie hier festsitzen, alles andere als gelassen. Die sind stinksauer – auch auf uns, die wir hier leben. Als ob wir was dafür könnten, dass man nichts machen kann, damit das Meer wieder glatt wird und der Wind aus der richtigen Richtung weht.

Die Leute haben schlechte Gewohnheiten. Sie sind dran gewöhnt, dass es immer irgendeinen Weg gibt, um die Situationen so hinzudrehen, dass sie es schön bequem haben.

Dabei hat mein Vater mir beigebracht, dass man manche Sachen, wie die Natur, eben so nehmen muss, wie sie sind.

Er fährt Linienschiffe, und als ich klein war, hab ich ihn bewundert. Wenn ich ihn so sah mit dem Steuerruder in der Hand, hab ich immer gedacht, diese Arbeit will ich auch machen, damit ich so toll werde wie er. Später, wenn du älter wirst, werden die Väter weniger wichtig, und dann siehst du sie so, wie sie sind. Aber damals, so ganz in Weiß mit so goldenem Schmuck auf dem Hemd, da kam er mir vor wie ein ganz Großer. Dabei hat er selber immer wieder zu mir gesagt, du glaubst wohl, so 'ne Fähre zu steuern ist weiß Gott was für ein Abenteuer, aber nach 'ner Weile ist es auch nix anderes als Bus fahren.

Ich war noch fast ein Kind, als ich zum ersten Mal ganz alleine aus dem Hafen rausgefahren bin, in einer Nussschale, zu der man nicht wirklich Boot sagen konnte. Mein Herz hat geklopft wie verrückt, aber ich hab nicht zugeben wollen, dass ich Angst hatte. Ich hab mich erwachsen gefühlt, und das fand ich ziemlich gut. Ich hatte sogar schon ein Barthaar am Kinn, seit ein paar Tagen, und hab mir eingebildet, es bewegt sich im Wind, der draußen auf dem Meer immer weht, ein bisschen auf und ab. Und dann hab ich mit der einen Hand das Steuer gehalten und mit der anderen das Barthaar glattgestrichen, so wie ich es bei meinem Vater mit seinem Schnurrbart gesehen hatte.

Als ich in der 9. Klasse zweimal sitzengeblieben war, hat er, also mein Vater, nicht mehr drauf bestanden, dass ich weiter in die Schule soll. Er hat mich in Ruhe gelassen, und kaum war ich sechzehn, hab ich den Bootsführerschein gemacht und ein schönes Schild an mein Boot gehängt, auf dem stand: „Willst du aufs Meer? Zu jeder Zeit steht Salvatore für dich bereit. Tag- und Nachtfahrten."

Am Anfang schauten die anderen, die auch Touristen rumschipperten, auf mich runter. Weil sie dachten, ich wär noch ein kleiner Junge.

„Das will ich mal sehen, was du machst, wenn irgendwas passiert", haben sie zu mir gesagt. Aber in Wirklichkeit hatten sie nur was gegen mich, weil ich noch einer mehr war, der ihnen die Arbeit wegnahm.

„Was soll mir denn schon passieren?", hab ich zurückgefragt.

„Irgendwas halt. Leute rumfahren heißt Verantwortung."

Sie dachten, ich wäre ein Stümper, der mit Notfällen nicht umgehen kann und sofort zu heulen anfängt, wenn mal was nicht so gut läuft.

Dann war da irgendwann so ein Depp mit seinem Katamaran, der in den Hafen reinwollte und es nicht schaffte, und es war sonnenklar, dass es den gegen die Felsen haut, wenn der so weitermacht. Denn der Mistral schmeißt dich hier immer wieder raus: Wenn du kein Experte bist, kommst du nicht rein.

Aber alle hatten Schiss, als es drum ging, den reinzuholen. Ich hab mein Boot vorne losgebunden und bin raus. Und die anderen am Hinterherschreien:

„Komm wieder rein, sonst sag ich's deinem Vater!"

Mir war das scheißegal.

Ich bin trotzdem rausgefahren und hab diesem Stümper gezeigt, was er machen muss, und alles war gut. Und am Abend hat er mich sogar ins Hafenrestaurant zum Essen eingeladen.

Gegessen hatte ich dort noch nie, auch wenn ich jeden Tag dran vorbeigelaufen bin und vor der Eröffnung auch schon ein bisschen dort gearbeitet hatte. Ich war damals vielleicht dreizehn oder vierzehn, und wenn ich aus der Schule kam, bin ich dort helfen gegangen: eine kleine Wand einreißen oder irgendwas streichen. Sie gaben mir ein bisschen Geld dafür, das konnte ich gut brauchen.

Aber dann, seit sie die Einrichtung hatten und die bunten Lichter und die feinen Tischdecken, war ich nicht mehr drin gewesen.

An dem Abend, als ich als Gast dort drin war und bedient und betüdelt wurde, hab ich mich toll gefühlt, weil ich es spannend fand, da zu sitzen, und weil ich dachte, dass ich mir den verdient hatte, den schönen Platz auf der Aussichtsterrasse, mit Kerze auf dem Tisch und mit dem Kellner, der dir immer, wenn du ausgetrunken hast, direkt wieder einschenkt. Aber ganz ehrlich: Meine Mutter kocht besser.

Von da an haben meine Kollegen angefangen, mich zu respektieren. Und Tonino *Capa di ciuccio*[1], der mich am meisten schlechtgemacht hatte, weil er nur ein paar Jährchen älter ist als ich und fast das gleiche Boot hat, ist sogar mein Freund geworden und hat angefangen, mir ein paar Ratschläge zu geben. Auch wenn ich – und das sag ich nicht aus Angeberei – eigentlich gar keine nötig hatte.

Ich wusste schon, wie der Hase läuft, weil wir, die diese Art Arbeit machen, wir kriegen alle Sorten Leute zu sehen, und da lernt man schnell.

Zum Beispiel die, die sich rumfahren lassen und nicht mit dir reden, aber höflich sind, und dann aber auch solche, die dich wie 'nen Diener behandeln.

Die dir anschaffen: „Fahr mich da hin!“, „Halt hier an.“

Die meinen, sie können dich rumkommandieren, nur weil sie dich bezahlen.

„Hallo?“, sag ich zu denen, „Du glaubst wohl, du hast dir 'nen

---

1 „Eselskopf“ (A.d.Ü.)

Knecht angeschafft? Ich fahr dich dahin, wo *ich* will! Wenn ich will!“ Ich sag denen gleich, was Sache ist, und dann lernen die schon bald, sich zu benehmen.

Aber die meisten sind nette Leute, die wollen einfach nur in der Sonne liegen und schön baden gehen und den lieben Gott einen guten Mann sein lassen.

Bei solchen, die mir sympathisch sind, werf ich den Anker und spring mit denen zusammen ins Wasser. Die liegen dann ein Stündchen am Strand, und ich leg mich vorne am Bug zum Trockenwerden hin; manchmal schlaf ich dann sogar ein. Ich spür, wie meine Augendeckel schwer werden, wie die Wärme durch mich durchgeht, und dann dämmere ich ganz langsam weg, wie ein Baby beim Schlaflied.

Wo findest du schon einen Job, auf dem du bei der Arbeit schlafen kannst? Wo du gewiegt wirst und dabei schläfst? Weil – genau das macht das Meer, es wiegt dich ganz von selber.

Einen Job, bei dem du alle Freiheit hast, die du nur willst? So bin ich nämlich: Wenn mir die Nase von einem nicht gefällt, dann sag ich dem glatt ins Gesicht: „Dich lass ich nicht auf mein Boot. Wir sind so viele hier, du findest bestimmt einen, der dich fährt.“

Es gibt immer einen, der Kinder hat oder alte Eltern, so wie zum Beispiel Tonino *Capa di ciuccio* mit seiner Mutter, die keine Rente kriegt. Der hält sich dann die Nase zu und fährt jeden durch die Gegend.

Dafür nimmt er dann eben ein bisschen mehr Geld, das merken die sowieso nicht. Hat er mir auch geraten.

Aber ich mach das lieber nicht.

Für mich steht die Freiheit ganz oben.

ZWEITES KAPITEL
Ich hab die Abende damit zugebracht

Wenn die Touristen wegfahren, gibt es hier nichts mehr zu tun, und dann geh ich, wie andere Jungs auch, auf dem Bau arbeiten. Das sind zwei Leben, wie Tag und Nacht.

Eine andere Welt.

Das kommt schon allein daher, dass ich meistens gleich für ein paar Monate fortbleibe, denn die Arbeit ist immer weit weg, niemals in der Nähe von Zuhause: Hier auf meiner Insel werden schließlich keine Straßen oder Mietshäuser gebaut! Naja, doch, manchmal schon, aber davon kannst du ja nicht leben.

Ich mag das gar nicht, so weit weg von meinen Sachen und meiner Familie zu sein. Aber da kann man halt nix machen.

Dabei hab ich ja noch Glück, denn viele, die mit mir zusammen arbeiten, wohnen mal hier, mal da, fünf oder sechs in einem einzigen Zimmer oder in so Rattenlöchern, einfach unfassbar. Dann gibt's noch einen, der Nachtschicht macht, zum Beispiel als Wachmann, und der kommt dann morgens und weckt dich auf, weil das Bett, in dem du schläfst, am Tag seins ist. Aber ich hab immerhin einen Freund, bei dem ich wohnen kann.

Vincenzo.

Er hat eine Wohnung, da wohnt er mit seiner Freundin und zwei Katzen, die haben dieses Jahr sogar Junge gekriegt, echt süß.

Ich finde, Tierjunge sehen alle ähnlich aus. Sogar, keine Ahnung, eine Schlange, die eben aus dem Ei rauskommt, die guckt genauso wie ein Katzenjunges oder ein neugeborener Löwe oder ein Riesenaffe, der die Milch von seiner Mama nuckelt. Nicht nur die Tiere sind so, auch die neugeborenen Kinder, die haben alle runde Augen, die ins Leere starren, aber so konzentriert, als ob sie was sehen, das du nicht siehst; als ob sie dich grade eben was gefragt haben und auf eine Antwort warten; als ob sie dich um Hilfe bitten, dabei wissen sie selber gar nicht, was ihnen eigentlich fehlt.

Ich hab die Abende damit zugebracht, die kleinen Kätzchen zu knuddeln, und dann sind sie eingepennt, in meiner Achsel oder auf meinem Bauch.

Irgendwann mal will ich ein Kind haben, und das soll dann auch so einschlafen, ganz dicht bei mir: Mit meinem Atem schaukle ich es dann auf meiner Brust auf und ab, ganz langsam. Dann schau ich es an, so wie die Kätzchen, und es schaut zurück. Dann gehen seine Augen ganz langsam zu, wie der Rollladen von einer Garage, in Zeitlupe. Und wenn sie dann ganz zu sind, dann bleib ich bei ihm, solange es schläft.

Das ist der Frieden, um den's mir geht, das ruhige Leben, von dem ich träume: Ich will meine Freiheit haben und mit ganz normalen Sachen glücklich sein. Alltagssachen. Vielleicht ist das nur Kleinkram, aber für mich ist es wichtig.

Aber obwohl ich mich so gern frei fühle und vor allem meine Ruhe will, ist bei der Arbeit auf dem Bau immer Spannung angesagt. Alarmzustand, denn da gibt's massig Gefahren. Aber wenn man aufpasst, kommt man drumrum. Ich steh total auf Sachen, die schaukeln, so wie die Boote auf dem Wasser: Du legst dich hin, machst die Augen zu und fühlst dich, als wärst du wieder ganz klein und deine Mamma würde dich knuddeln.

Einmal bin ich Vollidiot in der Mittagspause los und wollte mein Brötchen im Baggerkorb essen.

Der war für mich auch so eine Art Wiege.

Es war kein Wind, und ich hab mir vorgestellt, es ist Sommer, und ich bin auf meinem Boot und mach ein schönes Nickerchen, wie immer, solange die Touristen schwimmen gehen. Ich hab überhaupt nicht an die Gefahr gedacht, und grade deshalb wär mir beinah was Schlimmes passiert.

Wenn ihr mich fragt, wollten die Kollegen sich einen Spaß mit mir machen, auch wenn sie geschworen haben, sie hätten mich da drin nicht bemerkt – jedenfalls haben sie den Bagger angeschmissen.

Der Baggerkorb hat sich mit einem Schlag umgedreht und mich ausgeschüttet: unter mir die rostigen Eisenstangen, die aus dem Beton von einem Haus rausstanden, das wir halb abgerissen hatten. Fast wäre ich am Spieß geendet! Aber dann kam der Schutzengel, wie meine Mamma sagt, hat mich in seine Arme genommen und genau zwischen zwei Stangen runterfallen lassen. Nicht mal einen Kratzer hatte ich! Nur ein verbogener Haken blieb in meiner Jeanstasche hängen und hat sie abgerissen.

Als ich das *Capa di ciuccio* erzählt hab, der an dem Tag nicht da war, auch wenn er sonst öfters mit mir zusammen auf dem Bau arbeitet, hat er sich vor Lachen den Bauch gehalten und zu mir gesagt: „Stell dir bloß mal vor, statt in der hinteren Hosentasche wär der ein bisschen weiter in der Mitte hängengeblieben!"

Wir haben noch den ganzen Nachmittag drüber gelacht.

Der Bauleiter hat von dem Unfall gehört, mich gerufen und mir den Kopf gewaschen.

„Wie bist du bloß auf die Idee gekommen, in der Mittagspause in dem Ding zu schlafen?"

„Wo ist das Problem? Wer sagt denn, dass man in der Mittagspause unbedingt essen muss? Hab ich nicht die Freiheit zu schlafen, wenn ich müde bin?", hab ich zu ihm gesagt.

Er ist kein schlechter Kerl. Er ist nur ein bisschen ruppig, aber wenn du ihm klarmachst, dass du dir nicht alles gefallen lässt, dann kriegt er sich wieder ein und hält den Ball flach.

„Ich rede doch nicht vom Schlafen, ich rede von dem Ort, wo du zum Schlafen hin bist! Das ist doch gefährlich, sich da reinzulegen!"

„Chef", sagte ich zu ihm, „ jetzt tu doch nicht so, du weißt doch genau, dass wir immer in den Baggerkorb reinsteigen, wenn wir nach oben müssen und kein Gerüst da ist! Wo ist denn der Unterschied: Ist das jetzt gefährlicher, wenn man arbeitet oder wenn man schläft?"

Da ist ihm dann nichts mehr eingefallen.

„Pass nächstes Mal besser auf, wo du dich schlafen legst!" Und während ich rausging, wiederholte er zum hundertsten Mal: „Und zieh dir 'nen Helm auf!"

Ich zieh aber keinen Helm auf. Auch das hat damit zu tun, dass ich gern meine Ruhe hab, aber der Helm mich so juckt, dass ich fast durchdrehe; und außerdem, jedes Mal, wenn du dich bückst, um was vom Boden aufzuheben, fällt er dir runter: Ich werd schon nervös, wenn ich nur dran denke.

Außerdem bin ich überzeugt, wenn mir irgendwas gleich auf den Kopf fällt, dann kommt der Schutzengel und lenkt es woanders hin. Oder er schmeißt sich selber dazwischen, mit seinen ganzen Flügeln und der goldenen Rüstung, und fängt das Ding im Flug auf, wie ein Torwart, der sich den Ball schnappt und sein Tor verteidigt.

DRITTES KAPITEL
Ihre Stimme hörte man nicht

Zum Glück geht der Winter schnell vorbei. Die Baustelle vergesse ich dann sofort, wirklich wie ein ganz anderes Leben.

An Ostern fangen die Leute schon an, sich ein bisschen mit dem Boot rumfahren zu lassen, und dann kommen die Taucher und machen ihre Kurse und Tauchgänge.

Es gibt hier auch ein Fest, ungefähr in der Mitte vom Frühling. Da fahren alle mit den Booten raus, und nachts werden kleine Lichter ins Meer geworfen.

Sobald es losgeht mit den schönen Tagen, kündige ich beim Bau. Ich hab sowieso keinen Vertrag, ich geh einfach, wann ich will. Ich mach die Woche fertig, hole meinen Lohn ab und weg bin ich.

Tonino *Capa di ciuccio* und ich sprechen uns ab, damit wir gleichzeitig aufhören zu arbeiten und dann mit derselben Fähre heimfahren können, und am nächsten Tag sind wir schon am Start, um die Boote herzurichten.

Nach dem Winter muss man immer ein paar Stellen neu streichen und den Motor durchchecken, und wenn alles in Ordnung ist, setzen wir uns an den Hafen und warten.

So langsam kommen dann die ersten Touristen vorbei, und dann geht's los mit den Anmeldungen fürs Tauchen.

Denn *Capa di ciuccio* ist überhaupt kein Esel, ganz im Gegenteil: Er organisiert die Arbeit für die ganze Saison, ohne ihn hätte auch ich weniger zu tun. Er ist der von uns beiden, der ins Internet geht, die Werbung macht, die Fotos von unseren Booten reinstellt und die Preise bestimmt.

So wissen die Leute schon, was sie kriegen, wenn sie kommen.

Einmal hat er sogar eine Art Fototermin mit mir gemacht. Ein bisschen auf meinem Boot, ein bisschen auf seinem. Ich wollte, dass er auf seinem eigenen Boot selber posen soll, aber er meinte, dass ich besser ziehe.

„Wenn die glauben, dass hier alle so sind wie du, dann kommen sie doch lieber her, oder? Vor allem die Mädels."

Und das stimmt, wenn wir Bootsleute im Hafen sitzen und auf Kundschaft warten, entscheiden sich die Mädchen immer für mein Boot, nicht für Tonino seins. Naja, dass er mit Spitznamen *Capa di ciuccio* heißt, das wird schon seinen Grund haben.

Er hat einen dicken Kopf und Glatze, seit er zwanzig ist, und dann hat er sich auch noch die Nase an 'nem Felsen kaputtgemacht. Und die haben sie ihm schief wieder drangeflickt.

„Wenn ich mal ein bisschen Geld hab, dann lass ich mir 'n Franzosennäschen machen und 'ne Haartransplantation, dann wirst du schon sehn, wer besser ankommt!", sagt er und tut so, als ob er wirklich dran glaubt.

Wenn die Touristinnen aus dem Ausland sind, steigen sie direkt zu mir ins Boot und lächeln mich an. Die Italienerinnen geben sogar noch eine Erklärung ab:

„Lass uns mit dem da fahren", und sie zeigen auf mich, „der hat das größere Sonnensegel."

Und Tonino macht so ein Gesicht, als hätte er's gleich gewusst. Er tut dann so, als ob er sich ärgert, und sagt zähneknirschend:

„*Signori'* wenn Se wollen, dann zeig ich Ihnen mal, wie groß mein Sonnensegel is'! Nur müssen Se erst'n bisschen suchen, denn ich hab's hier zwischen die Schenkel versteckt!" Und er macht diese Bewegung mit den Händen zwischen den Beinen, aber ich bin dann schon weg und lach mir eins, und die Mädchen hören nicht mehr, was er sagt, und sehen auch seine vulgären Gesten nicht. Außerdem verstehen sie normalerweise sowieso nix, weil die meisten wie gesagt aus dem Ausland sind. Und deshalb lachen sie dann auch, als hätte ihnen grade jemand einen Witz erzählt.

Was mich selber angeht, weiß ich aber gar nicht, ob ich hübsch oder hässlich bin.

„Du bist eine Pracht, mein Sohn“, sagt meine Mamma, „denn du hast Augen wie dieser Schauspieler... du weißt schon, der...“

Mamma hat's nicht so mit den Namen.

„Welcher Schauspieler, Mamma?“

„Sag ich doch... der Schöne da, aus dem Fernsehen... Bove... Raubove.“

„Raoul Bova!“

„Ach, was weiß denn ich, wie die alle heißen! Aber du hast seine Augen. Tupfengleich.“

Sie erzählt immer, dass sie mich so haben wollte und mich genauso gemacht hat. Ich sollte so sein wie ihr Vater, mein Opa: Der hatte dunkle, glatte Haare, und die waren so lang, dass sie in der Luft hin und her flatterten. Sie erinnert sich, dass er sie als Kind immer aufs Boot mitgenommen hat und sie dann mit dem Kopf an seiner Schulter eingeschlafen ist. Und dann wachte sie immer von einem Kitzeln auf: Das war ihr Papa mit seiner Mähne, die der Wind ihr hin und her übers Gesicht fegte. Mamma streichelt mir immer die Haare, auch jetzt noch, wo ich ein Mann bin.

Wenn die Mädels mit der Fähre ankommen, riecht man Duftwolken von Bräunungscreme: Sie haben alle Angst, dass die erste Sonne am gefährlichsten ist, und so kommen sie hier an, triefend von Fett wie die Sardinen. Aber der Geruch ist gut und vertreibt den Winter.

Einmal ist eine Gruppe angekommen, und sie haben die Sauerstoffflaschen und die Taucheranzüge abgeholt. Sie waren aus Genua und hatten ein Haus für ein paar Tage gemietet. Das alles hatte Tonino organisiert, und als sie hier ankamen, hatten sie schon bezahlt.

Da war ein Mädchen, mittendrin, die war ein Traum.

So blond, dass sie aussah wie eine Deutsche.

Sie schaute sehr ernst, als ob sie dich beurteilt. Ich hab ihr ein Zeichen mit dem Kopf und dann mit dem Arm gemacht, um ihr zu zeigen, dass mein Boot frei war, aber sie hat weiter ganz ernst geguckt, eben wie eine, die dich grade abcheckt.

„Was gibt's denn da zu checken?", fragte ich mich im Stillen. „Was glaubst du denn, wer du bist, meinst du vielleicht, du gefällst mir? Du mit deinen kleinen Titten?"

Sie hat nichts von dem gehört, was ich dachte. Oder vielleicht doch. Denn sie hat ein bisschen auf die anderen aus ihrer Gruppe gewartet und ist dann entschlossen ins Boot von Tonino *Capa di ciuccio* gestiegen, und für mich hatte sie keinen Blick übrig.

Also, doch, schon, aber als wär ich ihr völlig egal.

Tonino hat sich ein gewaltiges Lachen gegönnt, so fett wie ein Schwein, mit lautem Luftholen, und bevor er vor mir aus dem Hafen raus ist, hat er mir zugebrüllt:

„Salvato', jetzt is' mein Sonnensegel aber mal sowas von größer wie deins!"

Aber sein Scheißhumor ging mir echt am Arsch vorbei.

Da kann er lang warten, bis mir das was ausmacht. Und dann noch wegen einer mit Titten wie zwei Mispeln!

Aber an dem Tag hat einfach gar nichts geklappt.

Ich bin auch noch auf einer Sandbank aufgelaufen. Dabei wusste ich ganz genau, dass die dort ist, man muss nur rechts dran vorbeifahren. X-mal hatte ich das schon gemacht.

Einen Moment bloß war ich abgelenkt, und prompt saß ich auf. Es stimmt tatsächlich, dass man auf dem Meer immer tausend Augen braucht, auch wenn es nicht so scheint. Schlimmer als auf der Baustelle.

Der Kunde, den ich auf dem Boot hatte – er war der älteste von der Gruppe und wollte hinter der Insel tauchen gehen – verlangte, dass wir umkehren sollten, weil er einen Bootsmann mit mehr Erfahrung wollte. Er gehörte zu der Gruppe der Genuesen, war aber aus Mailand.

„Einen mit mehr Erfahrung als mich wirst du nicht finden, glaub's mir!", hab ich zu ihm gesagt.

Und er so: „Für'n Arsch! Was laberst du von Erfahrung, und dann läufst du auf wie ein Anfänger?"

Bei so Leuten seh ich rot.

Statt dranzubleiben und ihn zu überzeugen, hab ich zu ihm gesagt:

„Ach ja, du traust mir also nicht? Dann steig aus!", und wollte ihn am Strand sitzen lassen und wegfahren. Aber dann hätte ich ihn doch abholen lassen, so'n Drecksack bin ich dann auch wieder nicht.

Dann hat sich aber seine Frau eingeschaltet, die hat zu mir gesagt, ich soll ihn entschuldigen, ihr Mann wäre etwas impulsiv.

„Haben Sie Geduld mit ihm, junger Mann", und dann hat sie mit den Augen geklimpert. Die war eigentlich gar nicht mal so hässlich. Nur ein ganz klein bisschen verwelkt.

Und so ist dann alles ganz glatt gelaufen bis zum Sonnenuntergang. Der Mailänder hat einen Haufen Bilder gemacht (er war den ganzen Tag unter Wasser), und seine Frau hat mir erzählt, dass sie nicht so richtig glücklich war, den geheiratet zu haben, aber jetzt lohnte es sich auch nicht mehr, das rückgängig zu machen. An die Liebe glaubte sie nämlich sowieso nicht mehr.

„Du glaubst schon noch an die Liebe, oder? Du bist ja noch jung!", hat sie zu mir gesagt.

Und ich hab geantwortet: „Keine Ahnung!", weil ich nämlich gar nicht weiß, ob ich dran glaube oder nicht.

Vielleicht glaub ich sogar dran, aber dran denken tu ich nie. Ich spekulier jedenfalls nicht rum oder warte drauf, dass ich sie finde... im Gegenteil!

Meine Freunde, die schon mal verliebt waren, die hab ich nur am Anfang mal kurz glücklich gesehen und dann aber unglücklich für den ganzen Rest der Zeit. So sehr, dass ich sie gar nicht mehr wiedererkannt hab, weil sie völlig den Spaß am Leben verloren hatten.

Dabei war es gar nicht so, dass ihre Ehefrauen oder Freundinnen sie hätten leiden lassen – jemand, der leidet, ist ja eigentlich noch am Leben. Sie hatten sie einfach nur leer gemacht, bis sie völlig verblödet rüberkamen, und auch bei den Frauen selber war es so, als ob ihnen einfach jemand von innen das Licht ausgeknipst hätte. Mädchen, die einfach 'ne Wucht waren, mit lebendigen Augen und immer am Lachen, und wenn sie sich bewegten, dachte man immer, sie denken ans Vögeln, und dann nach ein paar Jahren Verheiratetsein waren sie fett und langweilig, und du kamst nicht mal mehr auf die Idee, sie zu fragen, wie das passieren konnte. War sowieso klar, dass sie lieber nicht antworten würden.

Vielleicht ist die Liebe gar nichts so Besonderes.

Als wir zurückkamen, wurde es schon Abend, und Tonino war noch nicht wieder da.

Und auch *Zizze di nespola*[2] nicht, die ja bei ihm war.

Der Platz, an dem *Capa di ciuccio* immer sein Boot festmacht, war leer.

Ich hab die Mailänder schnell aussteigen lassen und ihn angefunkt.

Das Funkgerät war aus.

Ich hab gar nicht an ein Unglück gedacht.

Aber plötzlich hatte ich so ein Ding im Magen und dann im Hals, das hat sich so angefühlt, als wär der gleich ganz zu, und ich krieg keine Luft mehr.

Ich hab mit der Faust auf den Poller draufgehauen, dann das Boot losgebunden, das ich schon festgemacht hatte, und bin wieder raus.

Ich bin direkt zu dem Strand, der am geschütztesten ist.

Aber das Boot von Tonino war nicht da.

---

2 „Mispeltitten" (A.d.Ü.)

Ich bin wieder los wie ein Verrückter, so dass der Motor schon um Gnade winselte. Meine Hand war ganz dick von dem Schlag auf den Poller, und manchmal musste ich sie ins Wasser hängen, um den Schmerz nicht zu spüren.

Ich bin um die ganze Insel rumgefahren bis auf die andere Seite, und endlich hab ich Toninos Boot gesehen, das bei den Höhlen festgemacht war.

Ich bin näher ran, und auf dem Boot waren noch ihr Taucheranzug und ihr Handtuch.

Aber da war niemand am Strand. Also, das heißt, es war niemand zu sehen.

Es war schon am Dunkelwerden.

Ich hab angehalten, die Hand ins Wasser hängen lassen, weil das Blut von innen puckerte, und hab mich gezwungen, nachzudenken.

„Salvatore, ganz ruhig bleiben. Du steigst jetzt aus und machst einen auf total egal. Und wenn du sie dann siehst, wie sie zusammen in der Höhle hocken, dann sagst du: Ich wollte nur sichergehen, dass alles in Ordnung ist. Und dann gehst du wieder.

Nein, eher so:

Bevor du gehst, immer noch ganz ruhig, sagst du zu Tonino: Ich rate dir, nächstes Mal den Funkkontakt nicht abzubrechen. Das ist gegen die Bestimmungen.

Genau. Ich mach einen auf gnädiger Herr. Auf Profi."

Ich bin raus aus dem Boot. Ich hab die Steine unter meinen Füßen knirschen hören, das Meer, das nur ein kleines bisschen ans Ufer schwappte, weil Ebbe war; es war kein Wind, und die Wellen ganz klein.

Dann hab ich aus einer dunklen Ecke hinter einem Felsen eine Stimme jaulen hören.

So eine Art aah… aah.

„Ich hau wohl besser ab", hab ich gedacht. „*Zizze di nespola* hat sich ja nicht lang bitten lassen."

Dann aber doch nicht. Ich hab beschlossen, weiterzugehen. So geht's ja nun nicht.

„Du tust so, als würdest du einen abchecken, und dann lässt du dich vom Erstbesten flachlegen?", wollte ich zu ihr sagen.

Und ich bin weitergegangen bis zu dem Felsen.

Ich weiß auch nicht, warum ich in dem Moment, als ich da langging, ausgerechnet dran denken musste, wie ich als Kind bei Kommunionfeiern oder Hochzeiten immer die *confetti*[3] gekaut habe. Sie machten genau dieses Geräusch im Kopf, wie wenn einer stinksauer über Steine läuft.

„Warum muss ich ausgerechnet jetzt an diese *confetti* denken?", hab ich mich gefragt. Und dabei gedacht, wie komisch das Hirn von den Leuten doch ist, weil dir im falschesten Moment Sachen einfallen, die dir noch nie eingefallen sind. Oder die wirklich überhaupt nichts mit der Lage zu tun haben.

Der Himmel hinter mir war ganz rot, und auch die Höhle sah wegen der Spiegelung so aus, als würde es drin brennen, irgend so ein Ding mit Teufeln und Hexen.

Wenn es noch nicht richtig Sommer ist und die Farben noch greller, dann ist das immer so. Da könnte man direkt Angst kriegen.

Jetzt war ganz genau die Stimme von Tonino zu hören, der „aah...aaah" machte.

Ihre Stimme hörte man nicht. Kein bisschen.

Hinter dem Felsen.

Ich bin um den Felsen rum.

Da lag Tonino auf dem Boden, und von seiner Stirn lief Blut.

Er machte „aah....aaaah" und versuchte aufzustehen, schaffte es aber nicht.

„Was ist passiert, Tonino?"

„Diese Erzhure..."

---

3 *confetti:* mit Zuckerguss glasierte Mandeln, die bei Hochzeiten und anderen Familienfesten an die Gäste verteilt werden (A.d.Ü.)

„Was hat sie denn gemacht?“

„Hätt nicht viel gefehlt, und die hätt mich umgebracht. Die hat mir 'n Stein an' Kopp geschmissen, und das Funkgerät hat sie auch eingesackt!“

Dann hat er angefangen zu heulen, Tonino, wie ein Baby.

„Danke, dass du gekommen bist, Salvatore“, hat er mit der gepressten Stimme von einem gesagt, der grade am Kacken ist.

Er tat mir kein bisschen leid.

„Und du, was hast du ihr getan, dass sie dir eins auf die Nuss gegeben hat, du Hurensohn? Hm?“

„Ich? Was ich gemacht hab? Gar nix!“

„Die ist einfach durchgedreht und hat dich so zugerichtet? Nur zum Spaß, ja?“, hab ich geschrien.

„Was ich gemacht hab... ich hab's halt probiert bei ihr, na und? Machst du doch auch immer, mit allen. Aber du bist halt deiner Mamma ihr Superboy, da kann keine nein sagen!“

„Arschloch! Grad mit ihr hast du's probieren müssen?“, hab ich gebrüllt.

„Wieso denn? Was ist denn so Besondres an der?“, hat er gefragt. Ich hab an seinem Gesicht gesehen, dass er aus allen Wolken geplumpst ist – dem wär wohl nicht im Traum eingefallen, dass ich so abgehen kann.

Ich hab's ja selber nicht verstanden, warum ich derart sauer war.

Das Blut von der Wunde auf seiner Stirn war schon fast getrocknet.

Ich wusste, er würde es demnächst schon hinkriegen, sein Boot anzuwerfen und allein zurückzufahren.

Ich hab ihn einfach liegenlassen.

VIERTES KAPITEL
Im Winter bin ich nicht ganz vollständig

Im Winter weiß ich irgendwann gar nicht mehr, wer ich eigentlich bin.

Mein Freund Vincenzo, bei dem ich wohne, wenn ich auf dem Bau bin, der hat keinen Spiegel zu Hause. Das heißt, doch, es gibt schon einen, aber der ist im Schlafzimmer von ihm und seiner Freundin. Im Schrank. Man muss reingehen und die Schranktür aufmachen, und das mach ich nur manchmal heimlich, wenn die beiden nicht da sind. Das kommt aber höchstens einmal im Monat vor.

Nämlich weil er immer arbeitet und sie den ganzen Tag zu Hause auf dem Bett rumliegt und raucht. Oder diese idiotischen Zeitschriften über Schauspieler oder Showgirls liest: Wie kann eine Frau nur von solchem Zeug leben? Sie ist mir kein bisschen sympathisch, und ich glaub, sie kann mich auch nicht leiden.. Das ist das einzige, worin wir uns einig sind.

Also, eben weil sie nie rausgeht, vergesse ich, wie mein Gesicht aussieht. Oder besser: wie mein Gesicht zusammen mit dem restlichen Körper aussieht, weil einen kleinen Spiegel über dem Waschbecken im Bad, den hab ich, zum Rasieren.

Manchmal nehm ich ihn von seinem Wandhaken runter und halte ihn schräg, damit ich ganz drauf bin, aber dann seh ich nur meine Schuhe. Oder ich geh ein Stück zurück, aber dann krieg ich höchstens ein Stück von meiner Schulter und die Spitze vom Kinn drauf.

Ist also so: Im Winter bin ich nicht ganz vollständig.

Aber mein Anblick ist sowieso nicht unbedingt was fürs Auge.

Ich bin immer verschwitzt, verdreckt, verknittert, verkleckert, verpeilt.

Alles mit „ver-". Komisch, oder?

Und wenn ich mich manchmal auf der Straße in so 'nem geschleckten Schaufenster sehe, in dem du dich spiegeln kannst, dann erkenne ich mich fast nicht wieder. Und ich gefalle mir kein Stück. Mein Opa sah viel besser aus, jedenfalls auf den Fotos. Auch wenn die in Schwarzweiß waren. Oder in Beigebraun, wie man sie ganz früher hatte.

Das Ding ist aber, dass es mir sowieso wurst ist, ob ich hübsch oder hässlich bin. Ich denk immer nur dran, wie es ist, wenn der Winter aufhört und ich mein Boot wieder rausholen gehe und den ganzen Tag draußen auf dem Meer sein kann.

Und mit einem Mädel rumknutschen. Das ist schon oft passiert, weit draußen auf dem Wasser oder hinter der Insel.

Ich glaube, die sprechen sich vorher ab und machen aus, welche auf dem Boot bleiben soll und welche schwimmen geht, um die andere allein zu lassen: Ich darf mir das nie aussuchen. Aber passt schon. So ein spontanes Angebot lehnt man doch nicht ab.

Die Damen haben da ihre ganz bestimmte Methode. Eine sagt dann mit so 'ner Zwitscherstimme, wie ein Vögelchen:

„Oh, so ein schöner kleiner Strand, lass an dem mal baden gehen!"

Und wenn wir dann da sind, sagt die eine zu ihrer Freundin:

„Kein Bock zum Baden, mir ist kalt, geh du!"

Und dann steigt eine aus, oder zwei, kommt drauf an, wie viele es sind, und die andere bleibt allein bei mir.

Dann sag ich: „Wieso ist dir denn kalt, die Sonne scheint doch?"

Und sie antwortet nicht, zieht die Schultern hoch, legt die Arme um sich selber und schaut mich an. Spätestens dann weiß ich Bescheid. Auch wenn ich es schon vorher kapiert hatte.

Dann rutsch ich zu ihr hin, leg ihr meinen Arm um die Schulter und küsse sie.

Aber einmal ist was ganz Spezielles passiert. Sowas hatte ich mir schon ganz oft vorgestellt, aber nie gedacht, dass es wahr wird.

Es gab so Sachen, die schaute ich mir immer im Internet an, am Computer von Vincenzo. Also, das ging natürlich nur ein paar Monate im Jahr.

Denn hier gibt es in manchen Häusern, wie in unserem, noch keinen Anschluss, und wenn man ins Internet will, muss man in die Bar am Hafen. Aber da, zwischen all den Leuten, da kannst du solche Filme nicht aufmachen, das kriegen ja alle mit, und du bist dann das Schwein.

Also, jedenfalls, ich war mit zwei Mädels auf dem Boot, wir hatten schon eine große Runde gedreht, und die beiden hatten nicht gesagt, dass sie zu dem kleinen Strand wollten, aber zurück wollten sie auch nicht.

So langsam ging das auch ganz schön ins Geld, weil die Bootsfahrt mehr kostet, umso länger sie dauert, und ich hab mir schon Sorgen gemacht, dass sie mich verarschen würden und irgendeinen Grund finden, nicht zu zahlen. Denn wenn das ein Typ bei dir probiert, ist das kein Ding, dem haust du eins in die Fresse, aber mit Frauen, wie soll das denn gehen?

Ich wollte sie dran erinnern und hab lachend gesagt:

„Was wollt ihr euch den Trip denn noch kosten lassen, hm?", aber sie zuckten nur mit den Schultern und schauten mich an.

„Seid ihr reich?", hab ich nachgelegt.

Und sie so: „Nein."

Und sie guckten sich gegenseitig an, als wollten sie mich reinlegen.

Also hab dann ich es rausgehauen:

„Lass mal zum Strand fahren, dann springt ihr kurz rein, und wir fahren wieder zurück."

Sie haben nichts gesagt, also bin ich aufs Ufer zugefahren. Dann hab ich den Anker geworfen und gesagt:

„Also wollt ihr jetzt ins Wasser oder nicht?", und sie gleichzeitig so:

„Nein, uns ist kalt."

Die Antwort hatte ich schon erwartet, aber normalerweise kam das ja immer nur von einer, nicht von beiden.

Also hab ich das gesagt, was ich immer sage, wie im Theater:

„Wieso denn kalt, die Sonne scheint doch?"

Und die beiden haben die Schultern hochgezogen, haben die Arme um sich selber gelegt und sind zu mir hingerutscht.

Alle beide.

Und obwohl ich das sonst sofort checke, hab ich diesmal ein bisschen gebraucht. Ich konnt's einfach nicht fassen, dass die alle beide scharf auf mich waren. So wie im Internet.

Aber dort kriegen sie ja Geld dafür.

Ich hab also den Funk ausgemacht, und wir sind alle drei dort am Strand geblieben, bis es Nacht war.

Aber es war eine schöne warme Nacht voller Sterne.

Ein Gedicht.

Und die zwei haben mich umarmt und geküsst, als ob sie sich beide in mich verknallt hätten.

Sowas gab's noch nie. Weil, im Internet sind die Frauen bei diesen Dreiergeschichten nie so richtig bei der Sache.

Und da sehen die auch immer wie Nutten aus, aber die beiden hier waren wie zwei Unschuldsengel.

Tonino hat sich Sorgen gemacht und im Dunkeln mit der Nachtleuchte nach mir gesucht.

Als er uns sah, hat er nur gesagt:

„He, du Schwachmat, wie bekloppt is' das denn? Da draußen, da kannste doch den Funk nicht ausmachen, egal was passiert!"

Der Satz hat sich bei mir festgesetzt, und deshalb hab ich ihm den dann direkt zurückgegeben, als er das gleiche gemacht hat und die ganzen Verbindungen zu den anderen Booten ausgeschaltet, damit er mit *Zizze di nespola* am Strand seine Ruhe hatte.

Er hat dann das Ruder umgelegt und ist davongefahren.

Aber ich hab den ganzen Winter nur an das gedacht, was mir dort passiert war.

An was soll man sonst auch denken, im Winter bei der Arbeit?

FÜNFTES KAPITEL
Die Zeit ging rum, es war heftig am Regnen

Du brauchst starke Gedanken, wenn du oben auf dem Gerüst stehst, irgendwas, um dich abzulenken. Weil dir manchmal von der Kälte richtig die Hände wehtun. Es ist ja windig da oben, und je jünger du bist, umso höher schicken sie dich rauf, „das macht dir ja nix aus". Und um die Anstrengung nicht so zu merken, ist es wichtig, an was Schönes zu denken – wenn dein Kopf woanders ist, wird es auch für den Körper leichter.

Bei mir in der Truppe war dieses Jahr ein richtig Schwarzer, aus Kamerun, der konnte kein Wort Italienisch. Der konnte nur nicken und kopfschütteln, und dann hat er dich immer angelächelt, ganz ohne Grund, und seine weißen Zähne gezeigt, viel weißer als unsere. Ist ja auch klar, in dem ganzen Schwarz sieht man die viel mehr.

Der konnte zwar die Sprache nicht, aber arbeiten, das konnte er, und er hat immer gemacht, was er sollte, als ob er doch alles verstehen würde.

Aber man konnte nicht mit ihm quatschen oder mal ein Lied zusammen singen, wie wir Italiener es manchmal machen, damit die Zeit schneller rumgeht. Dann fängt einer an mit Gigi D'Alessio, und ein anderer steigt ein. Dann kommt der nächste, dem fällt noch was anderes ein, und am Ende singen dann alle immer das uralte Zeug, *O sole mio* oder *Lacrime napuletane*[4], von dem krieg ich immer Gänsehaut, weil mein Opa, der fast so hübsch war wie

---

4 „Neapolitanische Tränen", klassisches neapolitanisches Volkslied von 1925 (A.d.Ü.)

ich – also, es ist ja nur meine Mutter, die mich so wahnsinnig hübsch findet –, irgendwann nach Amerika gefahren und Auswanderer geworden ist.

Und in dem Lied geht es genau darum, um das Leben von den italienischen Auswanderern.

Mein Opa konnte meine Mutter dann nicht mehr zum Einschlafen mit dem Boot rumfahren, und wenn sie von ihrem Vater redete – da war ich noch klein und er schon tot –, dann hat sie immer ganz rote Augen gekriegt und eine ganz dünne Stimme und mir erzählt, wie elend es den armen Kerlen ging, die zum Arbeitsuchen nach Amerika gefahren waren, mit nichts als ihrem Hemd auf dem Leib.

Und sie sagte, immer wenn ein Brief von ihrem Papa kam, dann musste sie den laut vorlesen, weil meine Oma kaum das Alphabet konnte. Und auch wenn sie noch ein Kind war und nicht viel kapiert hat, kam es ihr doch so vor, als ob auf dem Papier zwischen den ganzen ordentlich geschriebenen Wörtern – „Alles bestens, ich denke an euch, es gibt genug Arbeit" – die Tränen von ihrem Papa wären.

Also, mit dem Schwarzen, der Atanganà hieß, mit dem konnte man nicht reden oder singen, und so hab ich mir selber Gesellschaft geleistet und an Carolina die Blonde und Silvana die Dunkle gedacht und daran, wie wir's alle drei am Strand miteinander gemacht hatten. Das hätte ich Atanganà gern erzählt, weil ich so stolz drauf war:

„Weißt du was, einmal hatte ich zwei auf einmal in der Mache!", aber der verstand ja nichts. Und vielleicht ist das bei denen sowieso normal und gar nichts Besonderes, die sind ja viel freier mit dem Sex.

Einmal, als wir grade am Arbeiten waren, Atanganà und ich, haben wir ein paar Männer kommen sehen, die sich ganz komisch benahmen.

Von oben konnten wir sehen, wie sie ihr Auto neben einem Sandhaufen parkten, mitten in der Pampa.

Ich hab zu mir selber gesagt: „Was wird das denn? Packen die jetzt gleich Schäufelchen und Eimerchen aus und bauen sich 'ne Murmelbahn?"

Atanganà hat mich vielsagend angeguckt und gelächelt, wie immer, ohne Grund.

Dann hab ich wieder runtergeschaut und gesehen, dass die Typen versuchten, das Auto hinter dem Sandhaufen zu verstecken. Dann sind sie zu Fuß Richtung Baustelle gestartet, als ob nichts wäre.

Da hab ich eins und eins zusammengezählt und bin zu dem Schluss gekommen, dass es Arbeitskontrolleure waren. Auf einer anderen Baustelle in der Nähe hatten sie nach der Kontrolle ihr Auto mit Hammerschlägen demoliert gefunden, deshalb parkten sie jetzt so weit weg.

Ich hab dann sofort dem Bauleiter Bescheid gesagt, denn so war es ausgemacht: Wenn wir jemand Verdächtigen bemerkten, sollten wir es ihm gleich sagen.

Ich hab ihn vom Gerüst aus angerufen, mit dem Handy.

„Es sind fünf", hab ich ihm gesagt. „Man erkennt die sofort, so wie die sich benehmen", und er hat gesagt, ich sollte mich zusammen mit Atanganà irgendwo verstecken. Wir hatten beide keinen Vertrag und er noch dazu auch keine Aufenthaltserlaubnis.

Ich hab zu mir selber gesagt: „Und wie bring ich das dem Typ jetzt bei, dass wir uns verstecken sollen?"

Aber der hatte schon alles kapiert.

Er hat ganz konzentriert geschaut, wie einer, der die Gefahr riecht, und wir sind gleich zusammen runtergeklettert. In zwei Sekunden waren wir unten, und als ich Boden unter den Füßen hatte, wollte ich instinktiv losrennen.

Da hat Atanganà mich am Arm gepackt und auf Italienisch gesagt:

„Wenn du rennst, merken die, dass du abhauen willst, dann bist du erst recht verdächtig."

Der versteht ja alles! Ich bin wie versteinert stehengeblieben. Er redete sogar ziemlich korrekt. Nur mit einem komischen Akzent.

Aber in dem Moment war keine Zeit für viel Fragerei. Wir fanden ein Loch, das haben wir mit einer Plane abgedeckt und ein bisschen Abfallmaterial drumrum drapiert, und dort sind wir dann rein.

Dabei haben wir beobachtet, dass die Kontrolleure schon da waren und die Baustelle quasi umstellt hatten, so dass einer von der einen Seite her kam und der andere von der anderen, die glaubten wohl, sie wären besonders intelligent.

Sie fingen an, mit dem Bauleiter zu reden, und man sah ihn von weitem ganz aufgeregt die Arme schwenken, um zu zeigen, dass hier alles in bester Ordnung war. Er zeigte auf das Gerüst, auf die Helme, die die Arbeiter auf dem Kopf hatten – also die, die er vorzeigen konnte, weil sie einigermaßen legal waren –, die Absperrungen, die Seitenschutz-Leisten am Gerüst und dann hat er sich zum Büro gedreht, wo die Arbeitsverträge waren, und mit den Händen gefuchtelt, wie um zu sagen: Alles in Ordnung. Schon klar, es war natürlich nicht alles so schön vorschriftsmäßig wie er tat, aber was will man machen?

Mein Freund Tonino hatte es damals geschafft, so eine Art Teilzeitvertrag zu kriegen (mit dem er natürlich trotzdem den kompletten Tag am Knechten war), und so hab ich gesehen, dass er in Ruhe weiterarbeitete, er musste sich nicht verstecken.

Inzwischen hatte es angefangen zu regnen.

Als wir unten in dem Loch saßen, hörte man das „Tick-Tick" der ersten Tropfen auf der Plane.

„Du kannst also doch Italienisch?", hab ich zu ihm gesagt.

Und Atanganà mit seinem irgendwie französisch klingenden Akzent, aber mit perfekten Worten:

„Ja, aber es ist besser, wenn alle denken, ich kann es nicht."

„Du bist ja ein Schlaumeier", hab ich gesagt.

„Nein, mit schlau hat das nichts zu tun", hat er geantwortet, und es klang wie was ganz Wichtiges.

„Mach dir keine Sorgen", hab ich zu ihm gesagt, damit er sich sicher fühlte. „Ich sag's keinem."

Die Zeit ging rum, es war heftig am Regnen, aber die Kontrolleure waren immer noch da, festgewachsen vor der Tür zum Büro, und wir konnten nicht raus aus unserem Loch.

Wir hatten uns da drin nicht wunder was zu erzählen, mein Kollege und ich. Eine Sache ist es, wenn man spontan ins Gespräch kommt, bei der Arbeit. Aber dort unten in dem Loch, über was sollten wir da schon reden?

Ich konnte doch nicht einfach völlig aus dem Nichts die Story raushauen, wie ich mit den zwei Mädels gleichzeitig am Strand rumgemacht hatte. Das war dem doch scheißegal.

Jetzt kam auch schon ein bisschen Wasser rein ins Loch.

Um die Zeit totzuschlagen, hab ich ihn dann doch ein paar Sachen gefragt.

So das Übliche: Wo kommst du her, was hast du in deinem Land gemacht.

Ich weiß ja nicht, ob er die Wahrheit gesagt hat, aber wenn ja, dann passieren da unten Sachen, die wir uns nicht mal vorstellen können.

Er hat mir erzählt, dass die Mütter in Kamerun einen schrecklichen Brauch haben. Sie meinen es zwar gut, aber es ist scheußlich.

Sie verbrennen nämlich mit heißen Ziegelsteinen die Titten von ihren Töchtern, wenn die anfangen zu wachsen, damit sie nicht so groß werden; so hoffen sie, dass die Männer sie nicht so arg früh vergewaltigen.

„Das lassen sie auch die Brüder machen, wenn sie noch klein sind und eine größere Schwester haben. Ich habe mich geweigert, das bei meiner Schwester zu machen, und da hat mich mein Vater rausgeschmissen. So bin ich auf der Straße groß geworden. Ich habe eine Schubkarre gefunden und Gemüse verkauft."

Als er das erzählt hat, hab ich ihn zum ersten Mal mit traurigem Gesicht gesehen, so als ob er versuchte, einen Gedanken zu verscheuchen, den er für immer vergessen wollte.

Ich fand es peinlich, diese Sachen zu hören, und hab mich nicht getraut, ihn nochmal anzuschauen. Weil bis dahin hatte ich ihn doch immer nur lächeln sehen.

Nach einer Weile hab ich mich dann doch zu ihm umgedreht und wieder seine weißen Zähne gesehen.

Er hat wieder gelächelt, ohne Grund, so wie er es immer macht.

„Ich an deiner Stelle wäre ständig scheiße drauf. Nix mit Lachen!", hab ich zu ihm gesagt.

„Der Regen ist aber schön", hat er geantwortet.

Und ich so: „Da kannst du dich heute ja beim lieben Gott bedanken für den ganzen Regen!"

Und dann hat er mir eine Sache erklärt, die hat mir gefallen, weil ich ein bisschen sowas Ähnliches denke, ich glaube ja an Engel, besonders an meinen Schutzengel.

Er hat mir gesagt, dass er keine Religion mehr hat, denn nachdem sie ihn wieder zu Hause reingelassen haben, weil sein Vater gestorben war, ist er auch in die Schule gegangen, und dabei ist ihm klargeworden, dass es keine Religion gibt, die er leiden konnte, aber in seinem Land glauben viele, dass auch die Natur, die Tiere, die Bäume oder der Regen sowas wie eine Seele haben.

„Da regnet sich's heute aber die Seele aus dem Leib!", hab ich aus Spaß zu ihm gesagt, nicht um ihn zu veräppeln; es regnete schließlich immer doller. Aber er hat nicht drüber gelacht, denn um Witze und Wortspiele zu verstehen, reicht es nicht, wenn man die Sprache kann, man muss an dem Ort auch wirklich geboren sein.

Die Kontrolleure hatten sich Schirme aufgespannt. Drei waren drinnen, um die Papiere zu prüfen, das Hauptbuch und die Ausweise, und die anderen standen weiterhin draußen rum.

Wir konnten von dort unten nicht weg, dabei fing die Erde an den Seiten schon an, ins Loch runterzurutschen. Sie kam richtig ins Fließen, wie eine Art gelbliche Creme, denn der Boden dort ist teilweise lehmig.

Und dann kam plötzlich ein ganzer Klumpen auf einmal runter, so dass wir mit den Füßen in dem dicken Schlamm feststeckten, und vor uns hatte sich eine Art Tunnel gebildet. Nur dass der oben offen war.

Und durch diesen Gang kam schon ein kleiner Bach auf uns zu und fing an, das Loch ganz langsam aufzufüllen.

Ich hab gedacht: „Jetzt muss bloß noch irgendeine Rohrleitung kaputtgehen, und dann kommt eine Wasserlawine und dann geht's uns so wie den Ratten im Abwasserkanal."

„Gehn wir", hab ich zu Atanganà gesagt.

Die Kontrolleure konnten uns nämlich nicht sehen, wenn wir gebückt gingen.

So haben wir angefangen, uns davonzumachen, durch diesen glitschigen Graben, der sich gebildet hatte.

Ich hatte ein ganz komisches Gefühl, weil wir voll eingeschlammt waren und aussahen wie Lehmfiguren.

„Schlammmenschen", hab ich gesagt, und Atanganà fand das Ganze völlig übertrieben witzig.

Er fing an zu lachen und hörte gar nicht mehr auf – ich hab zwar mitgelacht, aber nach einer Weile doch angefangen, mich zu fragen, was an diesem Ding mit den Schlammmenschen eigentlich dermaßen komisch war.

„Lass das, die hören uns sonst!", hab ich immer wieder gesagt.

Dabei konnten sie uns gar nicht hören, der Regen war so laut.

Um so nah wie möglich am Boden zu bleiben, sind wir auf den Ellbogen vorwärts gerobbt wie die Marines in amerikanischen

Filmen, bis zum Trafohäuschen, und haben beschlossen, uns da drin unterzustellen.

Als die Kontrolleure sich kurz umdrehten, haben wir das Schloss aufgebrochen, und zack! waren wir drin.

Durch die Ritzen in der Tür konnten wir nachgucken, ob die sich endlich mal durchringen würden, abzuhauen.

Weil es regnete, hatten die Arbeiter Feierabend gemacht und saßen jetzt rum und warteten, dass jemand ihre Ausweise sehen wollte. Die Kontrolleure konnten nicht mal rumlaufen, wenn sie nicht patschnass werden wollten, deshalb haben sie sich auf den Bürokratiekram konzentriert und die Sicherheitskontrollen sein lassen.

So konnten wir ganz beruhigt sein, dass sie uns nicht auf den Sack gehen würden.

Seit wir in dem Häuschen saßen, war Atanganà schon wieder am Lachen.

Es gab nicht viel Licht da drin, weniger als draußen, und man sah nur seine Zähne, bis wir uns an das Dunkel gewöhnt hatten.

Als ich sein Gesicht wieder richtig erkennen konnte, hab ich bemerkt, wie ihm ein Gedanke durch den Kopf geschossen kam, das war direkt zu sehen.

„Was'n los?", fragte ich ihn.

„Unsere Kleider sind nass, und hier drin ist Hochspannung."

Lose Kabel gab es aber keine. Man musste bloß ein bisschen aufpassen.

„Hey du Schlammmensch, hock dich einfach auf den Boden und fass nichts an!", hab ich zu ihm gesagt. Und dann hab diesmal ich angefangen zu lachen.

Er hat eine Grimasse geschnitten. Die Erde auf seinem Gesicht wurde langsam trocken, weil es da drin warm war, sie sah aus wie eine fast weiße Kruste, die am Aufbrechen war.

Auch Atanganàs Hände waren voll mit getrocknetem Schlamm. Meine auch, aber bei mir fiel es weniger auf.

Er hat seine Hände angeschaut, erst die Innenflächen, dann die Handrücken, und dann gefragt: „Bin ich jetzt so schön wie ein weißer Mann?“, und schon wieder angefangen zu lachen.

So ging das noch eine ganze Weile. Wir haben uns nicht bewegt, um nichts zu riskieren, wir waren nur am Lachen.

Vielleicht war's auch die Angst, denn neben sich fünfzehntausend Volt zu haben, während man von Kopf bis Fuß nass ist, das ist nicht wirklich lustig.

Als wir das nächste Mal durch die Türritzen guckten, waren die Kontrolleure weg.

Wir sind dann rausgekommen, und der Bauleiter hat sich bei mir bedankt. Er hat gesagt, dass es schön ist, sich auf mich verlassen zu können.

SECHSTES KAPITEL

Die Lichter vom Dorf waren weit weg

Zizze di nespola hat mich sofort beeindruckt, als ich sie das erste Mal gesehen habe. Und es war nicht wegen ihrer Schönheit, obwohl die natürlich auch zählt.

Es war mir noch nie passiert, dass ich so ausgerastet bin wegen einer, die ich gar nicht kannte. Aber sie hat mich angezogen wie ein Magnet, und eine Minute, nachdem ich sie zum ersten Mal gesehen hatte, hab ich gedacht, mit der würd ich bis ans Ende der Welt gehen.

Hinter dem Strand, wo ich Tonino liegengelassen hatte, damit er alleine klarkam mit seinem ramponierten Eselskopf, gab es einen krummen Pfad nach oben, zwischen Felsen und Gestrüpp.

Bestimmt war sie da hochgegangen.

Sie hatte wohl versucht, abzuhauen und über Land ins Dorf zurückzukommen.

Ich bin hochgekraxelt wie ein Steinbock. Auch wenn ich eigentlich nicht mehr so arg viel Ahnung von Steinböcken hatte, weil die kannte ich nur aus dem Erdkundebuch. Und in Erdkunde hatte ich „ungenügend“.

Aber bei der Arbeit auf der Baustelle, da hatte ich klettern gelernt: Nicht zu fassen, sogar bei so ’nem Scheißjob kannst du was Nützliches lernen!

Ich bin also über die Felsen hoch und hab mir die Hand verletzt, die sich schon vorher anfühlte wie ein Boxhandschuh, von dem Schlag auf den eisernen Poller; mit der konnte ich mich nicht halten, weil ich die Finger nicht mehr zusammenkriegte.

Zwischen den Felsen waren Zweige zum Festhalten, man konnte nur hoffen, dass die nicht im entscheidenden Moment auseinanderbrechen würden. Aber sie waren stark und tief verwurzelt, wie lange, nach unten gebogene Klauen von einem Tier, und bohrten sich in die Erde wie in Fleisch. Wie die Krallen von meiner Katze, als sie alt war, die haben sich nicht mehr von selbst abgenutzt, weil sie sich kaum mehr bewegte, und wenn mein Vater sie ihr nicht geschnitten hätte, wären sie nach innen gewachsen und hätten ihre Pfoten kaputtgemacht.

Schon wieder solche sinnlosen Gedanken. Wie die *confetti*, die mir beim Laufen über die Steine eingefallen waren.

Ich bin über die Felsen nach oben geklettert wie ein Panther aus einer Doku. Ach, deshalb hatte ich an meine Katze denken müssen!

„Das Mädel muss auch hier langgekommen sein", hab ich zu mir selber gesagt.

Da lag nämlich das Funkgerät, das sie Tonino weggenommen hatte, zwischen den Brombeerranken.

„Sie hat es nicht bedienen können und dann weggeschmissen, oder es ist ihr runtergefallen", hab ich gedacht.

Inzwischen hab ich unten den Motor von Toninos Boot starten hören.

Ich hab mich kurz umgedreht, um zu sehen, wie er wegfuhr. Ich hatte Angst, von dort runterzuschauen, von so hoch oben hatte ich noch nie nach so tief unten geschaut, einfach so, ohne Sicherung.

Auf der Baustelle ist das was anderes: Da ist zwischen dir und dem Abgrund immer noch was dazwischen, und wenn es auch nur der Gedanke ist, dass du dich an irgendwas festhalten kannst, wenn du abrutschst. Die Gerüstrohre hast du ja schließlich selber montiert und kannst dich drauf verlassen, dass sie schön fest sind.

Aber ob diese Zweige hier dich halten, das weißt du nicht.

Ob sie wirklich schön fest in der Erde wurzeln oder ob du sie nur anfassen musst, und schon kommen sie raus, und rundrum bröckelt alles, und ein paar Steinbrocken kommen auch gleich noch mit runter.

Mir blieb echt die Luft weg, wenn ich dran dachte, reinzufallen in dieses absolut krasse Nichts dort unter mir.

Ich bin noch ein Stück höher gestiegen, dann war in der Felswand ein Überhang, nach dem es flach weiterging. Ich hab mich mit Schwung nach vorne geschmissen, ein bisschen mit den Beinen über dem Abgrund gerudert, als würde ich in der Luft schwimmen, und dann war's geschafft. Ich hatte die ebene Fläche erreicht und konnte mich hochziehen.

Meine Hand hab ich gar nicht mehr gespürt. Oder eher, sie hat sich angefühlt, als ob sie gleich platzen würde, wie ein Ballon. Ganz lila, und die Adern standen alle raus.

Und dann bin ich losgerannt und gerannt und gerannt.

Die Lichter vom Dorf waren weit weg, aber man konnte sie alle im Dunkeln leuchten sehen. Die bunten am Hafenrestaurant, wie eine Kette ganz außenrum, und die in den Fenstern – wenn du die von weitem siehst, dann fühlst du dich ganz allein, während die anderen im Haus drinnen es schön zusammen haben.

Und ein schwacher warmer Wind kam zu mir rüber mit dem Geruch von frittiertem Fisch: Die Familien in ihren Küchen waren wohl grade fröhlich zusammen am Essen.

Dabei war ich gar nicht allein. Nein, weil ein bisschen weiter vorne hab ich eine Gestalt gesehen, die ganz krumm lief, als hätte sie was am Fuß. Ich hab sie sofort erkannt, es war *Zizze di nespola*.

Als sie mich hörte, wollte sie abhauen und hat dabei kurz das Gleichgewicht verloren, sich dann aber wieder gefangen.

Süße Mispeln, ganz zarte Haut, herber Duft, Früchte zum Aussaugen, klein und innen süß.

„Bleib stehen, ich will dir doch nur helfen."

Sie wurde langsamer.

Ich hörte sie keuchen.

„So, du willst mir also helfen, wie dieses Arschloch von deinem Freund, ja?"

„Vertrau mir!"

„Seit zwei Stunden versuche ich, ins Dorf zu kommen! Ich habe mich verlaufen, mein Handy ist leer, und das Funkgerät hab ich auch verloren. Scheiße!"

Sie stampfte mit dem Fuß auf. Dann blieb sie stehen.

Ich bin näher zu ihr hin.

Aber ich hab sie nicht angefasst, nicht mal ein kleines bisschen gestreichelt. Auch wenn ich das so gern wollte. Ich wollte sie in den Arm nehmen, sie auf meinen Schultern nach Hause tragen, als wär sie meine Tochter, und eine Tochter würde ich vor allen Anstrengungen und Schmerzen beschützen.

„Was für eine beschissene Situation!"

„Nein...", habe ich ganz sanft zu ihr gesagt, aber sie hat gar nicht bemerkt, dass ich einfühlsam sein wollte, und war immer noch kalt wie ein Eisklotz.

„Hier ist es doch schön. Man muss nur den Weg kennen. Nimm's dem alten Idiot nicht übel."

Dann hab ich sie überholt, damit sie alle meine Bewegungen kontrollieren und sich sicher fühlen konnte, und bin vorausgegangen.

Ab und zu hab ich mich umgedreht und sie gefragt:

„Geht's?"

Beim ersten Mal hat sie nicht geantwortet.

Dann hab ich mich nochmal umgedreht.

Es war schwierig, was zu finden, was man sagen konnte, aber still sein war auch keine Lösung.

„Keine Sorge, wir sind gleich da", sagte ich zu ihr, oder: „Pass auf, hier ist ein Loch", oder ich hielt einen Zweig von ihr ab, damit sie durchgehen konnte, ohne dass er ihr ins Gesicht schlug.

Sie sagte: „Danke", ganz leise und ein bisschen nuschelig zwischen den Zähnen, so als ob sie immer noch misstrauisch wäre und Angst hätte, ich würde es ausnutzen, wenn sie mir vertraute.

Sie hat immer nach unten geschaut, das sah ich auch im Dunkeln, sie wollte mir nicht ins Gesicht schauen, auch nicht, wenn sie an mir vorbeiging.

Ich hab zu ihr gesagt, es wäre doch besser, wenn wir uns irgendwie mal vorstellen würden, aber keine Sorge, ich wollte sie nicht anmachen, es wäre einfach nur praktischer, sich mit Namen anzureden.

Ich hatte echt Angst, dass sie mir gegenüber noch verschreckter werden könnte. Oder gegenüber Männern ganz allgemein, wir sind doch nicht alles nur üble Macker.

Sie hieß Jessica.

Wir kamen ins Dorf, und der Weg zu ihr war derselbe wie zu mir nach Hause.

„Hier wohne ich“, hab ich gesagt und dabei mit den Augen auf unsere Fenster und den Balkon gezeigt.

Sie hat aber nicht hingeschaut, und ich hab gemerkt, dass ich schon wieder etwas gesagt hatte, was sie, so wie sie drauf war, missverstehen konnte. Nämlich, dass ich sie zu mir einladen wollte.

Drum hab ich mich sofort verbessert: „Nein, hey, ich hab das nur so gesagt, okay? Du darfst nicht denken, dass ich…“

Aber inzwischen hab ich gelernt, es nützt nichts, falsch verstandene Sachen damit zu reparieren, dass man Erklärungen hinterherschickt. Denn vielleicht hatte sie ja überhaupt nichts gedacht, sondern nur weil ich versucht habe, was klarzustellen, hab ich ihr damit erst den Floh ins Ohr gesetzt und den Verdacht geweckt. Hey, es ist echt verdammt kompliziert, mit Leuten zu reden, erst recht zwischen Männern und Frauen.

Also hab ich komplett das Thema gewechselt.

Vor unserer Haustür ist so eine Laube mit Glyzinien, und weil die grade aufgeblüht waren, konnte man den süßen Duft auf der ganzen Straße riechen.

Und so hab ich dann gesagt, um die Stimmung ein bisschen aufzulockern, dass es mir normalerweise völlig egal ist, ob irgendwelche Pflanzen blühen oder nicht, aber dass ich Glyzinien mag.

„Vor allem die Form finde ich schön, wie Trauben", hab ich ihr erklärt. „Und wenn die Blüten alle offen sind und alle Zweige voll mit diesen lila Hängedingern, haben sie gar keine Blätter. Als ob die erst noch wachsen müssen."

Sie hatte zu dem Thema nichts zu sagen und war still. Aber ich fand das ganz toll, was da irgendwie von alleine aus mir rausgekommen war, einfach nur so, um irgendwas zu sagen, und deshalb wollte ich unbedingt weiterreden.

„Und die Kaki-Bäume mag ich auch. Aber nur im Herbst. Da ist es grade andersrum, weil, dann sind die Zweige voller Früchte und die Blätter schon runtergefallen. Und dann diese orangenen Kugeln..."

Da hat mich aber plötzlich die Verzweiflung gepackt, und ich hab mich gefragt, wieso ich dieses Zeug einer erzählte, die vielleicht nur wollte, dass ich sie in Ruhe lasse. Nur wegen der Vollständigkeit hab ich mich aber gezwungen, den Satz noch fertigzumachen.

„...vor dem Braun." Dann noch so: „Von den Zweigen."

Ich hab gemerkt, dass ich absolut nichts von dem rübergebracht hatte, was ich ausdrücken wollte.

Aber da hat sie mich angeschaut, als hätte ich was ganz Besonderes gesagt. Etwas, das ihr gefallen hatte, aber sie wollte es nicht zu sehr zeigen.

Vielleicht hat sie doch meine Mühe anerkannt.

So hab ich mich ermutigt gefühlt.

„Es ist aber nicht so, dass ich was gegen Blätter habe", hab ich weitergeredet. „Grüne Bäume mag ich auch, aber eben nicht an erster Stelle."

Sie hat ein bisschen gekichert.

Ich hatte sie gar nicht zum Lachen bringen wollen – ich war ja selber total erstaunt, weil ich über das alles noch nie nachgedacht hatte. Dabei hatte ich schon seit ich klein war beim Anblick von Glyzinien und Kaki-Bäumen immer gedacht, dass mir die von allen Pflanzen am allerbesten gefallen. Aber ich hatte nicht gewusst, warum.

Es gibt einen Moment im Leben, da kapierst du, was die Sachen bedeuten. Das mit den Glyzinien und den Kaki, ob du das kapierst oder nicht, ist ja eigentlich völlig egal, aber mit den wichtigen Situationen ist es ganz genauso.

Als wir vor dem Haus angekommen waren, wo sie wohnte, hat Jessica nochmal „Danke" gesagt.

Sie ist einen Schritt reingegangen, dann hat sie sich umgedreht und gesagt: „Also, ich mag an den Glyzinien vor allem, wie sie duften. Schade, dass sie nur so kurz blühen."

SIEBTES KAPITEL
Heute schreibt man ja keine Briefe mehr

Nachdem ich also rausgefunden hatte, dass er reden konnte, sind Atanganà und ich auf der Baustelle dicke Freunde geworden.

Ich hab auch rausgefunden, dass er beim vielen Zuhören den ganzen Text von *Lacrime napuletane* gelernt hatte, und er hat mir gestanden, dass er das Lied immer, wenn ich es bei der Arbeit gesungen hatte, im Stillen für sich wiederholt hatte. Weil er es so gut fand.

„Hör mal", hat er gesagt. Und hat angefangen zu singen mit einer Mordsstimme, die direkt aus seinem Bauch kam:

„Mia cara madre, sta per sfrasì Natale..."

„Sfrasì, was ist das denn?", hab ich ihn unterbrochen.

„Du singst das so, *sfrasì."*

„Aber was soll denn das heißen, *sfrasì?"* Ich musste lachen.

„Weiß ich doch nicht! Du singst es doch!"

„Trasì!"

„Ach so", hat er gesagt. *„Sfrasì, trasì:* ist doch alles dasselbe!", und dröhnend gelacht, das macht er immer, wenn er richtig Spaß hat.

Da hab ich ihm erklärt, dass die Zeile einfach heißen sollte: Es wird bald Weihnachten.

Also, das Lied gefiel ihm, aber kapiert hatte er so gut wie nichts. Aber so ist das eben. Oft gefällt einem eine Musik oder ein Mensch, aber so ganz verstehen tut man sie trotzdem nicht.

Was Atanganà mitgekriegt hatte, war, dass der Held in der Geschichte ein Auswanderer war wie er selber, nur dass er statt nach Europa nach Amerika gegangen war und deshalb Emigrant genannt wurde statt „Nicht-EU-Bürger". Auch weil damals, als das Lied erfunden wurde, an sowas wie Nicht-EU-Bürger noch gar nicht zu denken war. Atanganà hatte aber die Story überhaupt nicht verstanden, um die es in dem Lied geht: Ich meine, dass die Ehefrau den Typ betrogen hat und er, der Emigrant, ihr aus der Ferne verzeiht. Aber er nennt sie „diese Frau", wie eine Fremde. Denn sie ist ja fremdgegangen, also will er nichts mehr mit ihr zu tun haben.

Also ich – wenn meine Freundin was mit einem Anderen hat, ich wollte auch nichts mehr mit der zu tun haben. Jedenfalls denk ich das bis jetzt. Aber manchmal kommt ja alles ganz anders, und vielleicht gewöhnt man sich irgendwie auch dran.

Atanganà hat der letzte Satz vom Refrain besonders gut gefallen, der geht so: *„Io so' carne 'e macello, so' emigrante*[5]!"

Er hat gesagt, es stimmt wirklich, dass man sich so fühlt, wenn man in einem fremden Land ist: als ob man nichts wert ist. Das geht schon los, wenn du in diese Zentren kommst, wo sie sagen, dass du aufgenommen wirst, und dabei fühlst du dich wie im Gefängnis. Schon allein deshalb, weil da überall Zäune sind, aber auch, weil sie dich immer mit jemand anderem verwechseln und nicht kapieren, dass der ganz anders ist als du und aus einem ganz anderen Land kommt. Das auch in Afrika ist, aber vielleicht zwei- oder dreitausend Kilometer weiter.

Das ist, wie wenn man sagt, ein Neapolitaner ist das gleiche wie ein Schwede.

„Das einzige, was zählt, ist, dass du schwarz bist", hat er mir erklärt. „Und dass du einen Namen hast, den man nicht lesen und nicht aussprechen kann, und dass du mit dem Schlauchboot gekommen bist. Und am Anfang, weil du die Sprache nicht kannst, merkst du gar nicht, dass sie dich mit einem anderen

5 Neapolitanisch: „Ich bin Fleisch für die Schlachtbank, ich bin Emigrant!" (A.d.Ü.)

verwechselt haben, und am Ende weißt du selber nicht mehr, wer du eigentlich bist."

Solche Erklärungen sind das eine – aber erst als Atanganà mir gezeigt hat, wo er wohnt, hab ich richtig verstanden, warum ihm dieses Ding mit dem Fleisch für die Schlachtbank so gut gefallen hat.

Bei ihm zu Hause gab es kein einziges Möbel, nur eine Matratze auf dem Boden, die Wände im Bad waren ganz schwarz vom Schimmel, und warmes Wasser gab es auch keins. Aber dafür einen Haufen Miete.

Ich glaube, nicht mal bei meinem Opa in Amerika war es so schlimm. Er hatte Heimweh und sein Herz war traurig, aber ganz so unterste Schublade war sein Leben doch nicht. Oder er hat es in seinen Briefen einfach nicht erzählt, damit seine Frau und seine Tochter sich keine Sorgen machten. Wer weiß, was für Briefe Atanganà nach Hause schreibt. Oder was er am Telefon sagt: Heute schreibt man ja keine Briefe mehr. Glaub ich zumindest.

Weil er so ein abgeranztes Zuhause hatte, und auch weil ich selber einsam war, hab ich Atanganà oft mit zu Vincenzo zum Übernachten mitgenommen, und das war schön, weil wir abends vor dem Einschlafen über alles Mögliche redeten. Über das Leben. Über die Frauen.

Und irgendwann hab ich's ihm dann endlich gesagt: „Weißt du, dass ich's mit zwei auf einmal gemacht habe, letzten Sommer?"

Er war nicht besonders beeindruckt. Es stimmt wohl echt, dass es für die da unten normaler ist, alles Mögliche zu machen beim Sex. Er hat mich nur gefragt, wie es denn war.

„Schön", hab ich gesagt, „aber zu viel Durcheinander, irgendwann hab ich gar nix mehr kapiert. Überall Hände. Viel zu viele Hände!"

Er hat angefangen zu lachen.

Immer noch mehr hat er gelacht und immer wieder gesagt: „Zu viele Hände! Haha! Zu viele Hände."

„Ja, das war wie mit 'nem Tintenfisch zu schlafen!" Da ist er fast geplatzt vor Lachen.

Und dann hat er mir gestanden, dass er gern mal wissen wollte, wie es ist, mit einer weißen Frau ins Bett zu gehen. Und ich hab ihm gestanden, dass ich auch gern mal wissen wollte, wie es ist, mit einer Schwarzen zu schlafen. Das hätt ich ihm aber nicht gesagt, wenn er nicht als erster davon angefangen hätte, ich wollte ja nicht daherkommen wie ein Rassist.

So haben wir dann ausgemacht, dass wir mal zusammen ausgehen würden, wenn wir unseren Lohn abgeholt hatten, und dann sollte ich eine Freundin von mir mitbringen und er eine von sich, und dann würden wir tauschen.

Atanganà war ein hübscher Junge: breite Schultern, lange Beine. Auf die war ich besonders neidisch, denn wenn ich einen Fehler habe – ich weiß nicht, ob Raoul Bova den auch hat, aber ich glaub eher nicht –, dann sind es meine kurzen Beine. Auf jeden Fall würde ich ganz leicht eine Freundin für ihn finden. Denn Frauen sind ja auch neugierig und wollen beim Sex mal was Neues ausprobieren, nur zugeben tun sie's nicht.

ACHTES KAPITEL
Als ob ich eine Riesenwut hätte

Am nächsten Tag hatten wir eine interessante Diskussion auf der Arbeit. Wir haben wieder über Frauen geredet, und da ist mir klargeworden, dass wir – also, wir Weißen, ich weiß nicht, wie ich es anders nennen soll – irgendwie falsch ticken. Denn ich hab ihn gefragt, was für eine Freundin ich ihm denn suchen sollte, und er kannte die ganzen Unterschiede. Er hat gesagt, dass er am liebsten eine Blondine hätte, aber dunkle Haare wären auch okay. Und große Titten wollte er, und noch irgendwas, was ich nicht mehr weiß. Ach ja, doch. Glatt sollten ihre Haare sein. Und lang, aber das war nicht unbedingt nötig.

Aber als er dann mich gefragt hat, wie denn die Schwarze sein sollte, damit ich sie gut finde, stand ich da wie der Depp: Ich konnte mir einfach keine Unterschiede vorstellen, so als würde es schon reichen, dass sie einfach schwarz war.

Weil ich ihn nicht merken lassen wollte, dass mir nichts einfiel, hab ich einen Witz draus gemacht. Ich hab ihm gesagt, dass sie einfach ein bisschen nuttig sein sollte, und sonst würde ich schon mit allem klarkommen.

Atanganà fand das lustig, bei ihm braucht es ja nicht viel, um ihn zum Lachen zu bringen.

Oder vielleicht bin ich ihm einfach sympathisch, und deshalb reagiert er auf jeden Blödsinn, den ich von mir gebe.

Er hat richtig fett gegrinst.

Ich hab seine weißen Zähne gesehen, wie ein Licht, das auf einmal anging in seinem fröhlichen Gesicht. So leuchtend weiß, dass man meinen konnte, er hätte mehr Zähne im Mund, also zahlenmäßig, als wir anderen normalerweise. Seine breiten Lippen hatte er weit auseinandergezogen: Wie zwei Steaks sahen die aus.

Ich hab seine laute Stimme gehört, wie immer, wenn er richtig heftig lacht. Sein Lachen kam direkt aus dem Bauch. Den Kopf im Nacken.

Er stand mit seinem ganzen Gewicht auf einen Holzbalken. Ich hockte rittlings auf demselben Balken und war grade eine Schraubzwinge am Festdrehen.

Und plötzlich hat er vor Lachen das Gleichgewicht verloren.

Das Holz fing an zu schwanken. Der ist ja wirklich alles andere als ein Lauch, Atanganà!

Ich hab gesehen, wie seine Hand losgelassen hat: seine offene weiße Handfläche im Nichts, die versuchte, sich an irgendwas festzuhalten, aber da war nichts. Ich hab gesehen, wie sein Lachen verschwunden ist, und dann war auch sein Gesicht nicht mehr da. Ich hab seine Füße gesehen, die kurz vorm Wegfliegen waren.

Da hab ich sie gepackt.

Ich hab mich nach vorne geschmissen und hab sie ganz fest gehalten. Ich hab einen Ruck gespürt, als ob mich jemand runterziehen wollte, aber ich hab mich dagegen gestemmt. Ich hatte ja den Sicherheitsgurt an, der war es vielleicht auch, der mich gehalten hat. Er hatte seinen nicht angezogen.

Atanganà pendelte im Nichts, und ich hab seine Schuhe umklammert, ganz fest, als wären da nicht seine Füße drin, sondern mein Leben.

Als wäre da alles drin, was für mich zählte.

Meine Familie, mein Zuhause, die stärkste Liebe der Welt, die ich ja noch nicht mal erlebt hatte. Die Gesundheit. Meine Kinder, die es noch gar nicht gab. Mein Boot. Das Meer.

Das alles war da drin, in den Schuhen von Atanganà, der laut „Hilfe!“ schrie.

Ich dagegen hab gemerkt, dass ich die Luft durch meine zusammengebissenen Zähne rausstieß, als ob ich eine Riesenwut hätte. Das hat mir geholfen, stärker zu sein und das abartige Gewicht nicht zu spüren, das ich halten musste. Und ich hab ihm zugeschrien:

„Halt still! Halt still, wenn du dich bewegst, rutschst du mir runter!"

Ganz kurz schaffte er es, sich nicht zu bewegen, aber dann war die Angst zu stark, und er fing an, wie ein Fisch am Haken rumzuzappeln und versuchte sich mit den Bauchmuskeln wieder hochzuziehen, aber das ging nicht. Er kippte wieder nach hinten, und jedes Mal gab das wieder einen Ruck, von dem wir beide runterzufallen drohten. Wenn ich in meinem Gurt auch noch über dem Abgrund hing, keine Ahnung, ob ich es schaffen würde, ihn noch länger festzuhalten.

Von unten haben sie geschrien: „Halt durch, wir kommen!"

Mir tat eine Schulter weh, ein Schmerz, von dem die ganzen Muskeln sich zusammenzogen und auch das ganze Fleisch tief innen, und das nahm mir die Kraft weg.

Da ist mein Schutzengel aufgetaucht und hielt meinen Arm fest, sonst hätte das Gewicht ihn mir weggerissen.

„Jetzt macht schon, verdammte Scheiße!", hab ich geschrien und dabei geschnaubt wie ein Stier in der Arena.

Da hat Atanganà aufgegeben. Er hat endlich stillgehalten und angefangen zu heulen. Jetzt hingen auch seine Arme im Nichts. Ich sah seine Schuhsohlen, ich sah sie ganz genau, und ich hörte, wie er jammerte. Er betete zu seinem Gott in seiner unverständlichen Sprache; vielleicht flehte er die Seele vom Regen an oder den himmlischen Geist, der nichts anderes im Sinn hatte als ihn aufzufressen.

Wo hört der Himmel auf, wo fängt das Nichts an? Der eine ist zum Fliegen da, das andere zum Fallen.

In seinen Schuhsohlen, die ein Profil hatten wie Panzerketten, sah ich Kieselsteine und zertretene Grashalme stecken. Wie war das bloß möglich, dass mein Kopf in dem Moment die Kraft hatte, so sinnloses Zeug zu bemerken, während ein Mensch kurz vorm Sterben war?

Dann kamen endlich die anderen. Es war nicht einfach: Zu dritt haben sie ihn mit einem Haken zu sich aufs Gerüst gezogen und dann runtergelassen, auf den Beton von dem Dachboden, den wir im fünften Stock gerade bauten.

Die waren zu dritt und hatten schon Mühe.

Ich war ganz allein und hatte ihn eine endlos lange Zeit festgehalten. Vielleicht waren es nur ein paar Minuten, aber endlos waren die trotzdem.

Als ich ihn sah, war sein Gesicht ganz geschwollen, aber seine Backen waren trocken, obwohl er so viel geheult hatte. Ich glaube, als er da so kopfüber hing, waren die Tränen andersrum geflossen und hatten seine Stirn und seine Haare nass gemacht.

Er war immer noch am Jammern und zitterte überall. Er schaute mich an, aber ich glaube, er hat mich nicht gesehen.

Sie haben uns auf die Krankenstation gebracht, und dort wurde mir so kalt wie noch nie. Mein Arm war ganz ausgeleiert von dem Kraftakt, aber das war nicht das Schlimme, sondern diese Eiseskälte, die ich in mir drin hatte. Irgendwann haben sie mir dann eine Art Fön unter die Decke gesteckt und mir erklärt, das wäre sonst für die, die grade aus der Narkose aufwachen und dabei zittern wie Espenlaub.

Atanganà lag in dem Bett neben mir, und auch er hatte einen Fön unter der Decke.

Als wir wieder allein waren, hat er zu mir gesagt:

„Danke. Du hättest auch sterben können, wenn du nicht so stark gewesen wärst."

„Schon gut. Aber zur Belohnung muss deine Freundin, die du mir mitbringst, schon so richtig nuttig sein!", hab ich zum Spaß gesagt.

Ich hatte keine Stimme mehr, als ob ich völlig außer Atem wäre.

Er schaffte es nicht, zu lachen, und hat nur mit dem Kopf genickt. Jetzt kamen die Tränen bei ihm richtigrum runter, über die Backen. Aber er war ganz ruhig, er schluchzte überhaupt nicht, nur sein Gesicht wurde nass wie unter einem kaputten Wasserhahn.

„Und dann, wenn's dir besser geht, dann erklär mir mal, wieso du so tust, als ob du kein Italienisch kannst. Ich hab immer vergessen, dich danach zu fragen."

Da hat er wieder genickt, ohne dass ein Laut aus seinem Mund kam, und dann ist er eingeschlafen.

Die Friererei hörte überhaupt nicht mehr auf. Also hab ich angefangen, an den Sommer zu denken. Wie ich in meinem Boot in der Sonne lag. Und so konnte ich dann auch einschlafen.

Als ich aufwachte, ging es mir wieder gut, und den Fön hatten sie rausgenommen. Neben meinem Bett stand der Chef von der Baustelle und schaute mich lächelnd an. Dabei gab es eigentlich nicht viel zu lächeln, auch weil wir uns insgesamt ganze zwei Mal gesehen hatten. Als er mich eingestellt hat, war ich allein, und er hat mich gefragt: „Wie heißt du und wie alt bist du?", und dann war ich nochmal mit meinem Vater bei ihm, weil ich immer noch keinen Arbeitsvertrag gekriegt hatte. Da hat er gesagt, dass die Leute für den Job Schlange stehen, und wenn es mir so nicht passte, könnte ich auch nach Hause gehen. Ich wollte aber bleiben und habe mit meinem Vater gestritten, der wollte, dass ich mit ihm zusammen wieder gehe. Denn er kann es nicht haben, wenn jemand Nein zu ihm sagt.

Der Chef hat also gelächelt. Er hat gesagt, ich wäre ein Held gewesen und hätte „dem armen schwarzen Jungen" das Leben gerettet, genau so hat er gesagt. Er gab mir einen Umschlag mit Geld drin.

„Du gehst jetzt schön heim und ruhst dich mal richtig aus. Hier, ist alles bezahlt. Aber besser, wir sagen keinem, was passiert ist."

Ich hab genickt, ich wusste nicht, was ich sagen sollte. Außerdem, wem hätte ich denn überhaupt was davon erzählen können?

Ich hab mich zu Atanganà umgedreht und gesehen, dass sein Bett leer war.

Ich hab gefragt, wo er ist. Wie es ihm geht.

Der Chef hat geantwortet, dass sie ihn in sein Land zurückgeschickt hatten, weil er ohne Aufenthaltserlaubnis war, und außerdem weil er sich so angestellt hatte, statt sich für seine Rettung zu bedanken.

„Aber wann denn?"

„Sie haben ihn gestern entlassen."

Gestern? Ich hatte keine Ahnung, wieviel Zeit vergangen war.

„Wie das denn? Wie lang hab ich denn geschlafen?", hab ich ihn gefragt.

Da kam meine Mutter ans Bett, ich hatte noch nicht mal gemerkt, dass sie im Zimmer war.

„Reg dich nicht auf", hat sie mich gebeten, aber dabei hat sie sich ein bisschen umgeschaut, so als ob sie sich für mich schämen würde.

Ich kapierte nicht, wieso. Da hat sie mir erzählt, dass ich ganz oft aufgewacht war und rumgeschrien hatte: „Ihr Schweine! Ihr Schweine!", keiner wusste, wen ich meinte, und damit hatte ich dem ganzen Krankenhaus Angst gemacht. Dann hatte ich immer wieder versucht, aufzustehen, und war überall angestoßen. Ich hatte auch versucht, einem Pfleger eine reinzuhauen. Deshalb hatten sie mir eine Spritze gegeben, und mit der hatte ich drei Tage geschlafen.

Ich konnte mich an gar nichts erinnern.

NEUNTES KAPITEL
Das wusste ich auch schon

Der Tag, nachdem ich Jessica kennengelernt und sie, komplett durcheinander wie sie war, nach Hause gebracht hatte, war total heftig.

Ein Hin und Her ohne Ende.

Morgens musste ich superfrüh aufstehen und mein Boot wieder holen, das noch an dem kleinen Strand lag – ich war ihr ja über den Weg nachgelaufen und hatte es dort gelassen.

Dann musste ich doppelt so viele Fahrten machen, meine und die von Tonino, der ja krank war und einen Verband um den Kopf hatte wegen dem Stein auf seiner Stirn. Er hat allen gesagt, er wäre auf einem Felsen ausgerutscht.

„Junge, pass mal besser auf", hat der Notarzt zu *Capa di ciuccio* gesagt. „Erst die Nase und jetzt der ganze Kopf – mach mal lieber 'nen großen Bogen um die Felsen!"

Überall war was los, die Leute wieder am Kommen und Gehen, in den Restaurants tobte der Bär.

Musik auf der Piazza.

Aber ich bin abends heim.

Müde.

„Das freut mich aber, dass du mal nach dem Essen noch bei mir sitzen bleibst", hat meine Mutter gesagt. „Gibt heute 'nen Film mit Raubove. Guckst ihn mit mir?"

Die kleine Freude wollte ich ihr noch gönnen. Ich hab mich in den Sessel gehockt und angefangen, mit ihr den Film zu schauen, obwohl mir schon die Augen zugefallen sind.

„Soll ich dir 'nen Kaffee machen?", aber ich wollte keinen. Es war so schön, vor der Glotze einzupennen, wie als Kind.

Fünf Minuten haben wir in Ruhe den Film geschaut, dann hat es geklingelt.

„Salvatore, da is'n Frollein für dich!"

Es war sie.

„Ich geh ins Bett", hat meine Mutter gesagt.

„Raubove find ich besser, wenn er den Polizist macht! Der Film da ist doch 'n Trauerspiel: immer dieses Hin und Her vor so 'nem Fenster!"

Und dann, bevor sie schlafen gegangen ist, hat sie noch ganz höflich gesagt: „Machen Sie sich's ruhig bequem, *signorina*!"

Und sie hat sie von Kopf bis Fuß angeguckt, um rauszufinden, was los war: Bestimmt hat sie gedacht, da geht was zwischen mir und Jessica, und wollte uns allein lassen.

„Ich wollte mich noch bedanken wegen gestern Abend...", das waren ihre ersten Worte. „Du hast mich gerettet. Und dann wollte ich dir noch sagen, ich habe nachgedacht. Dein Freund ist ein Arsch, das stimmt. Aber ich hatte auch zuviel Schiss, denn... wir waren dort ganz allein, und da hab ich die Kontrolle verloren. Dabei hat er eigentlich gar nicht viel gemacht..."

Zizze di nespola war total verlegen, so als ob sie ihre Rede vorher auswendig gelernt hätte und jetzt nicht mehr weiter wusste.

„Er hat es nur ein bisschen probiert. Naja, ein bisschen... er hat mit einer Hand... Oh Mann, ich weiß nicht, wie ich das erklären soll!"

„Ihm hast du's aber sehr genau erklärt! Du hast ihm ja fast seinen Eselskopf gespalten!"

„Du übertreibst!"

Und dann hat sie gelacht und mir auf die Schulter geklopft, ein richtiger Schubs, so als ob wir schon dicke Freunde wären.

Ihre Titten unter der Bluse waren klein und spitz. Ich hätte zu gern gewusst, wie die wohl schmeckten.

Sie hat mir erzählt, dass sie aus Genua kam – das wusste ich aber schon.

Zum Tauchen. Das wusste ich auch schon.

„Genua ist doch auch am Meer, warum gehst du denn nicht dort tauchen?“, und sofort, als ich noch am Reden war, wusste ich schon, dass ich totalen Mist erzählt hatte.

Und genauso war's.

„Ja, aber das ist doch kein richtiges Meer. Mit den ganzen Schiffen und Bauplätzen. Ein Stadt-Meer: von außen sieht es schön aus, aber anfangen kann man damit gar nichts.“

„Ah, Bauplätze. Ich arbeite auch auf dem Bau, im Winter“, und damit hab ich mich direkt nochmal blamiert. Sie hat gleich verstanden, dass ich was verwechselt hatte, und gesagt:

„Ich meine Schiffsbau! Da, wo sie Schiffe bauen und reparieren. Nicht die Baustellen, wo Häuser gebaut werden.“

„Ja, ja. Das heißt nein! Ich hatte schon kapiert, dass du Schiffsbau meinst, aber ich wollte dir erklären...“

Was quatschte ich da bloß für einen Mist zusammen.

Hätt ich mal lieber die Klappe gehalten, dann wär der Eindruck besser gewesen.

Aber bei ihr hat es auch nur so lala geklappt mit dem Gespräch. Komisch, dabei war sie doch gebildet, sie ging auf die Uni. Allerdings erst im ersten Semester.

Und so haben wir schließlich beide auf den Fernseher geschaut, der immer noch an war, so als würden wir die Sendung gucken, aber eigentlich war klar, dass wir beide nur überlegten, was wir sagen sollten.

Ihr ist zuerst was eingefallen.

„Was machst du denn gerne so?“, hat sie mich plötzlich gefragt.

Zack. Jetzt war ich richtig am Arsch. Denn ich machte gar nichts gerne.

Beim Warten auf meine Antwort hat sie an ihrer Bluse gezupft, die ihr auf der Haut klebte.

Sie war schweißgebadet. Nur ein ganz dünner, glänzender Film, nicht diese staubgraue Soße, die stinkend an einem runterläuft, wie bei den Maurern, wenn sie arbeiten. Wie ein Dampf. Ein duftender Dampf.

„Also, was machst du gerne?"

Sie hat den Kopf gesenkt und sich in die Bluse gepustet, als ob sie sich Luft zufächeln wollte. Wunderschön sah das aus.

Ich stand da wie betäubt, schaute ihr zu und dachte immer noch darüber nach, was ich antworten sollte.

Ich hab nie gern gelesen, Musik hören fand ich auch nicht toll, Fernsehgucken überhaupt gar nicht, nur ganz manchmal irgendeinen Film. Das einzige, was ich gern mache, ist Boot fahren.

„Was soll ich ihr bloß antworten?", hab ich mich gefragt. Ich hatte auch keinen Bock, einen auf hobbylos zu machen, also jemand, der sich für gar nichts interessiert, denn so ist es ja nicht.

„Naja, kommt drauf an..." Ich wollte Zeit gewinnen.

„Kommt auf was an?"

Warum konnte sie nicht mal einen Moment die Klappe halten?

„Ich fahre gern Boot. Nachts." Dieses „Nachts" war mir grade noch eingefallen. Das klang originell.

„Bis zum Morgen", hab ich noch drangehängt, und an ihrem Gesicht hab ich gesehen, dass das die richtige Antwort war.

ZEHNTES KAPITEL
Dann kam am Ende doch der Morgen

Wenn ich jetzt dran denke, dann war diese Nacht, die wir zusammen auf dem Boot waren, für mich schöner als ein Traum.

Ich träum nicht gerne, auch keine schönen Träume. Die machen mich nervös, denn während du sie genießt, während es dir gutgeht und du denkst, es ist alles wahr, merkst du irgendwann, dass da gar nichts ist.

Und als Jessica weg war, hab ich deshalb jedes Mal, wenn ich wieder an diese Nacht dachte, geglaubt, ich würde verrückt, weil ich merkte, das war jetzt alles nur noch in meinem Kopf.

Nur dass es in der Nacht tatsächlich echt gewesen war.

Sie hatte sich den Taucheranzug angezogen, weil es kalt war, und sie wollte, dass ich sie hinter einen bestimmten Felsen fahre mit so einer Art Grotte unter Wasser. Dann war sie mit der Lampe tauchen gegangen.

Das Wasser war so klar, dass ich von oben wie durch eine Glasscheibe sehen konnte, wie sie mit ihrer Lampe in der Hand in die Grotte rein- und wieder rausgeschwommen ist.

Irgendwann kam sie mir vor wie diese Fische, die man in tropischen Aquarien sehen kann: Die haben einen ganz durchsichtigen Körper und da drin, in diesem Körper, eine Art farbige Seele, die ganz von selber leuchtet. Sie ist in die Grotte rein und sah ganz blau aus, mit einer Wirbelsäule aus hellblau glänzenden Ringen, und als sie wieder rauskam, wirkten die Ringe feuerrot, als ob du dich beim Anfassen dran verbrennen könntest.

Vielleicht war ich ein bisschen eingenickert – ich hatte von morgens bis abends geschafft wie ein Tier und seit dem Tag davor kein Auge zugekriegt. Deshalb sah ich so komische Sachen, so wie wenn du schläfst, aber da wunderst du dich ja über gar nix.

Wenn du träumst, werden die unglaublichsten Sachen möglich, und so kommt es dir dann auch ganz normal vor, eine wunderschöne Fisch-Frau wie sie unter Wasser zu sehen, eine durchsichtige und von selber leuchtende Sirene.

Als sie wieder aufs Boot kam, war das Leuchten verschwunden, und ihr Körper war auch nicht mehr farbig. Vielleicht hatte sie vorhin nur so ausgesehen, weil ich wirklich eingeschlafen war, und jetzt war ich wieder wach.

Aber wunderschön war sie immer noch.

Sie zog sich den Taucheranzug aus und sofort einen Bademantel an, so schnell, dass sie mir wie der Typ aus dem Fernsehen vorkam, der sich als alles Mögliche verkleidet, und das in weniger als einer halben Sekunde. Als Frau, als Mann, als Ballerina, als Schlange.

Keine Ahnung, wie der das hinkriegt.

Den schau ich mir übrigens richtig gerne an. Wenn mir das eingefallen wäre, als Jessica mich gefragt hat: „Was machst du denn gerne so?“, dann hätt ich gesagt:

„Ich mag die Auftritte von… diesem Typ da!… Wie heißt der nochmal?“ Da ist bei mir echt nix zu wollen, wie bei meiner Mutter. Ich weiß ja eh nicht viel, aber bei den wenigen Sachen, die ich überhaupt weiß, fällt mir auch noch nie der Name ein. Mein Vater hat schon Recht gehabt, ich hätte mal lieber die Schule zu Ende machen sollen.

Wir haben eine Weile nichts gesagt, und ich hab weiter drüber nachgedacht, wie dieser Typ hieß, und plötzlich war es raus: „Brachetti!“

Sie hat mich angeschaut, als wär ich total durchgeknallt. Voll im Delirium. Klar konnte sie das nicht verstehen, das arme Mädel!

Sie hat nicht nachgefragt, war ganz still und hat auf die Lichter vom Dorf geguckt. Sie sah aus wie hypnotisiert, so starr schaute sie da hin.

In dieser Nacht kam es mir so vor, als wären meine Hände aus Marmor. Ich konnte sie einfach nicht bewegen. Also, das heißt, am Steuerruder schon, und am Motor auch, aber wenn ich versuchen wollte, Jessica zu streicheln, wurden sie zu Stein.

Es hat sich angefühlt, als ob ich in meinem Ellbogen ein Gummiband oder eine Feder hätte: So hab ich zum Beispiel, als sie nach vorne schaute, eine Hand zu ihrem Knie ausgestreckt, aber die Feder ließ meinen Arm wieder zurückschnalzen. Und als sie sich wieder zu mir umdrehte, war ich wieder ganz beisammen, beide Hände gut sichtbar auf dem Ruder.

„Dabei", sagte ich zu mir selber, „hab ich's doch sogar mit zwei auf einmal gemacht! Carolina und Simona... nein, Silvana. Ich fang schon an, sie zu vergessen. Aber damals, dort am Strand, da waren sie doch ganz lebendig! Wie kommt's nur, dass ich mit der da überhaupt nix hinkriege?"

„Ist dir nicht kalt?", hab ich sie gefragt.

Und sie hat geantwortet:

„Nein."

Kapierst du's echt nicht? Kannst du nicht einfach so tun, als wär dir kalt, so wie alle anderen?

„Komisch, weil, normalerweise, wenn man aus dem Wasser kommt, ist einem doch immer kalt", ich ließ nicht locker.

Und sie hat nur ein kleines bisschen den Kopf geschüttelt, als ob sie noch einmal sagen wollte, dass alles in Ordnung war.

Also sind wir ganz lange sitzengeblieben, ohne was zu sagen, ich immer noch mit der Feder, die meinen Arm zurückhielt, und sie, ohne dass ihr kalt war.

„Wenn du willst, können wir auch zurückfahren", aber sie schüttelte nur wieder den Kopf.

„Du hast gesagt, bis zum Morgen."

Bis zum Morgen.

„Hast du Hunger?", und ich rechnete schon wieder mit Kopfschütteln, aber da hat sie gesagt:

„Ich habe Lust, dich zu küssen."

Aber dabei hat sie in die andere Richtung geschaut!

Ich war nicht sicher, ob ich sie richtig verstanden hatte. Und so hab ich gefragt:

„Sorry, kannst du nochmal sagen, was du gerade gesagt hast? Der Motor war so laut..."

Da ist sie aufgestanden und hat mich geküsst.

Und deshalb erinnere ich mich an diese Nacht wie an einen Traum. Weil alles anders lief als normal, und weil ich nicht ich war.

Oder besser: Ich war wirklich ich.

Ich musste nicht mehr so tun, als wär ich so ein toller Hecht wie Raubove – ich hatte mich bei ihr ja eh schon längst bis auf die Knochen blamiert.

Und es war offensichtlich, dass es Jessica völlig schnuppe war, ob sie einen superselbstbewussten Macker an ihrer Seite hatte.

Und ihre Mispeltitten, die schmeckten süß, aber auch salzig, weil sie baden gewesen war; sie waren glatt, aber auch ein bisschen rau, weil sie Gänsehaut hatte. Und so arg klein waren sie gar nicht.

Sie war ja eigentlich mehr so der stille Typ, aber irgendwann hat sie doch angefangen zu reden. Und ich war beim Zuhören hin und weg, weil eine, die so gut reden konnte, hatte ich noch nie getroffen. Sie hat wichtige Sachen gesagt, aber ich konnte sie trotzdem verstehen.

Ich hatte so eine Lehrerin in der 9. Klasse, und die war die einzige, wegen der es mir ein bisschen leid tat, aus der Schule raus zu sein.

Jessica fing an, von der Zeit zu erzählen, als sie klein war. Eine tragische Geschichte. Da ist so ein hübsches Mädchen, das ausgeglichen und fröhlich aussieht, und du denkst, die hat keine Probleme. Und dabei kannst du dir gar nicht vorstellen, dass sie komplizierte Sachen erlebt und richtig was mitgemacht hat.

Es war so: Ihr Papa war Journalist und hat so ganz normale Beiträge fürs Fernsehen gemacht.

So Sachen wie wenn sie einen Dieb verhaften oder es eine Überschwemmung gibt, dann ist er da hingefahren und hat Filme gemacht und Interviews mit den Leuten. Einmal hatte er irgendwo zu tun, eigentlich an einem ganz ruhigen Ort, aber dann gab's eine Explosion oder eine Schießerei, ich hab's nicht ganz verstanden, aber ich wollte sie nicht unterbrechen und nachfragen, weil sie so voll drin war im Reden. Sie hat mich nicht angeschaut, sondern im Liegen weitererzählt, mit dem Gesicht nach oben.

Und ich lag genauso da wie sie.

An dem Abend gab es ganz viele Sterne, und man wusste gar nicht, wo anfangen mit Gucken, weil es so abartig viele waren. Außer den großen, also den normalen, die man immer sieht, war da noch ein Gewimmel aus verstreuten, funkelnden Krümeln, so wie wenn die Frauen zu viel Schmuck anziehen oder zu viel Glitzerkram am Abendkleid haben, das find ich irgendwie unangenehm, ich würd denen dann immer gerne sagen, sie sollen irgendwas davon ausziehen.

Aber ob Jessica die Sterne überhaupt sah beim Reden, oder ob sie nur das im Kopf hatte, was sie mir erzählte, das weiß ich nicht.

Weil das waren sehr wichtige Sachen.

Ihr Vater – sie war da fünf Jahre alt – war bei dieser Sache, die da passiert war, schwer verletzt worden, hatte aber überlebt, und deshalb wurde über das Ereignis gar nicht viel berichtet. Er war zwei Jahre im Koma und ist erst danach gestorben. Niemand hatte groß beachtet, was ihm passiert war. Und genau das, meinte Jessica, hatte ihre Mutter wütend gemacht: dass ihr Papa so einer gewesen war, der nur seine Arbeit gemacht hatte und dabei gestorben war, also praktisch wegen seiner Arbeit, auch wenn er keine besonderen Geheimnisse aufgedeckt hatte, wie es andere Journalisten manchmal tun. Er war irgendwie zufällig gestorben, und deshalb hatte er nicht mal ein bisschen Anerkennung gekriegt.

„Ich habe damals gar nichts kapiert", sagte Jessica, „nicht mal, dass mein Papa tot war. Denn seit er im Krankenhaus war, seit er nicht mehr mit mir geredet und sich nicht mehr gerührt hat, hatte ich ihn schon nach und nach vergessen."

Ich hab ihr Gesicht gestreichelt, während sie redete, denn es tat mir ganz innendrin weh, an sie zu denken, wie sie klein war.

„Meine Mutter hat dauernd geweint. Sie hatte ihn so sehr geliebt, meinen Vater, und ich hätte alles gemacht, damit es ihr ein bisschen besser ging. So habe ich zu ihr gesagt: Mamma, wenn ich groß bin, werde ich auch Journalistin, wie Papa. Da hat sie mich in den Arm genommen und gesagt, das ist gut, du bist mein Trost."

Jessica hat mir erzählt, dass ihr dieser Satz, „Du bist mein Trost", schon das ganze Leben durch den Kopf ging; sie hatte ihr Versprechen gehalten und ging jetzt tatsächlich auf die Uni, um Journalistin zu werden.

Ich fühlte mich ein bisschen blass neben ihr, weil ich viel zu normal war. Meine Eltern waren am Leben und gesund, und in meiner Familie hatte es nicht mal eine einzige Tragödie gegeben. Meine Großeltern waren an Altersschwäche gestorben, und mein Vater guckte Quizsendungen im Fernsehen.

Deshalb hab ich zu ihrer Geschichte gar nichts gesagt, weil ich Schiss hatte, dass ich nachher auch was über mich erzählen muss. Ich hab sie geküsst, wir haben nochmal Sex gehabt, und davon wurde sie wieder fröhlich und locker. Beim Erzählen war sie aber richtig traurig gewesen.

Dann kam am Ende doch der Morgen, dabei wollten wir doch, dass er nie kam; das Sonnendach war voller Wasser und blieb nicht mehr oben, so sehr hatte es sich vollgesaugt, und wir lagen nackt auf den Kunstlederkissen voller Schweiß und Feuchtigkeit – wenn man ein Bein drauflegte, blieb man kleben, und wenn man sich umdrehen wollte, fühlte es sich an, als ob einem die Haut vom Rücken abgezogen würde. Und zum Zudecken gab's nur ihren Bademantel, der ganz nass und richtig schwer geworden war.

Und trotzdem war da kein einziger Moment, in dem ich gesagt habe: „Also das war's, ich will jetzt in mein warmes Bett und mich ein bisschen ausruhen." Diese Nacht hatte ich einfach alles. Mein Boot. Die Liebe.

Ich wollte für immer dort bleiben.

Und das war mir noch nie passiert. Nie.

ELFTES KAPITEL
Als ob ich etwas wollte, was es nicht gab

Damals, als ich Atanganà gerettet hatte und sie mich wieder aus dem Krankenhaus entlassen wollten, da haben sie gesagt, ich sollte zum Psychologen gehen.

Ich wollte da nicht hin, aber sie haben drauf bestanden.

„Sie glauben doch nicht in echt, dass ich spinne, bloß weil ich im Schlaf ein bisschen geschrien hab?" Aber sie haben mir erklärt, dass das nix damit zu tun hatte und dass sie das mit allen machen, die einen Unfall gehabt haben.

„Ich hab keinen Unfall gehabt, den hatte doch mein Freund. Den hätten Sie zum Psychologen schicken sollen, statt ihn aus Italien rauszuschmeißen", hab ich gesagt.

Aber die haben einfach nicht locker gelassen – der Arzt und die Krankenschwester – denn für sie war das wohl ein bisschen so, als hätte ich auch einen gehabt, einen Unfall, meine ich.

Also bin ich dann doch hingegangen, und zum Glück war es eine Frau.

Sie war sehr dick, aber ich hab gedacht, dass sie unter all dem Speck auch ganz hübsch sein könnte.

Sie hat mir direkt erklärt, dass das Gespräch nichts damit zu tun hatte, ob jemand spinnt oder nicht, sondern dass sie in dem Krankenhaus eine Art Studie über Leute machten, denen irgendwas zu sehr Heftiges passiert war – egal was – und die davon irgendwelche Folgen haben könnten. Während sie mit mir geredet hat, hab ich gedacht, dass man sie auf dem Grill drehen könnte und das ganze Fett runtertropfen lassen, in dem sie drinsteckte, und dann würde vielleicht eine ganz passable

Frau dabei rauskommen. Denn sie hatte ein schönes Gesicht mit einer kleinen Nase und großen Lippen, die perfekt aussahen, auch ohne Lippenstift.

Und sie hat beim Reden immer mit den Augen geklimpert wie ein Reh.

„Mir geht's gut", hab ich zu ihr gesagt, „mir war bloß total kalt, sofort danach."

„Manchmal haben bestimmte Erfahrungen Folgen, die erst nach einiger Zeit auftreten."

Ich hab sie ohne große Überzeugung angeschaut.

„Ich bin kein Kind mehr. Ich kann mir schon selber helfen", hab ich zu ihr gesagt und wollte gehen.

Aber sie hat ganz freundlich mit mir geredet und wollte, dass ich ihr ein bisschen was aus meinem Leben erzähle.

Na gut, warum hätt ich das auch nicht machen sollen?

Ich hab zu ihr gesagt, dass ich mein Leben gern hatte. Nur im Winter war's nicht so dolle, wegen der Arbeit, aber der Sommer machte es dann wieder wett.

„Würdest du nicht gern woanders leben?"

„Nein, nein."

„In einer großen Stadt, zum Beispiel?"

„Nee."

„In der Stadt gibt es viele Perspektiven für junge Leute."

„Dann bin ich wohl schon alt, Perspektiven sind mir egal."

„Was ist dein größter Wunsch?"

Es war wie ein Verhör.

„Ich hab keine Wünsche", hab ich gesagt, aber nur, weil mir nichts einfiel. Denn manchmal hatte ich schon welche. Aber keine bestimmten.

Das war dann so, als ob ich etwas wollte, was es nicht gab und von dem ich nicht mal wusste, was es war, und deshalb konnte ich es auch nicht suchen gehen. Und dann konnte ich es immer kaum erwarten, dass so ein Moment wieder vorbeigeht, weil es wie Folter ist, was zu wollen, was du gar nicht weißt. Du bist total aufgeregt, weißt aber nicht, wieso.

Aber zu ihr hab ich nichts davon gesagt.

„Was weißt du denn noch von dem Unfall?"

„Dem Unfall?"

Ich hab ein bisschen überlegt. Immerhin eine genaue Idee davon hatte ich.

Aber mehr als eine Idee war es ein Bild, wie ein Foto, das ich direkt vor mir hatte, wenn ich dran gedacht hab, was auf der Baustelle passiert war.

Wie der Umschlag von einem Buch.

Das Buch machte ich nie auf – wann hatte ich überhaupt mal ein Buch aufgemacht in meinem Leben? –, aber den Umschlag hatte ich oft vor Augen.

„Die Schuhsohlen. Von meinem Freund. Sie hatten Panzerprofil, und Grashalme sind dringesteckt und Erdklumpen. Steine. Und ich hätt sie ihm gern saubergemacht: Aber das ging ja nicht, ich hatte ja keine Hand frei!", hab ich zu ihr gesagt, und sie hat gelächelt.

„Und dann war da noch die Nummer auf der Sohle. Fünfundvierzig. Mit einem kleinen Kreis drumrum. Und die hab ich die ganze Zeit gelesen, während ich Atanganà festgehalten hab. Fünfundvierzig. Fünfundvierzig. Fünfundvierzig. Ich hab zu mir selber gesagt: Wie kann das sein, dass ich in einem Moment wie dem hier an die Schuhgröße denke? Aber das passiert mir echt öfter, dass ich auf einmal, wenn ich grade was Wichtiges mache, an was anderes denke, das gar nichts damit zu tun hat."

„Hattest du Angst?"

„Nein."

Dann hat sie mich noch einen Haufen Sachen gefragt. Ob ich eine Freundin habe, ob ich schon mal verliebt war.

Das sind doch keine Sachen, die man fragt, finde ich. Deshalb sind Psychologen auch so unnötig.

Auch weil, wenn ich verliebt bin, dann sag ich das doch nicht so einer fremden Frau. Einem Freund eher. Aber eigentlich auch nicht.

Und außerdem, damals war ich ja noch gar nicht verliebt.

ZWÖLFTES KAPITEL
Manchmal kann es sein

Jessica ist wieder gefahren, mit der ganzen genuesischen Combo und auch mit dem prolligen Milanesen, den ich am ersten Tag mit dem Boot mitgenommen hatte, und der immer sagte: „Für'n Arsch!" Der mit der Frau, die unglücklich mit ihrer Ehe war, aber der das auch schon egal war. Wer weiß, vielleicht war meine Mutter auch enttäuscht von meinem Vater, hat's aber nicht gesagt, weil es ja eh schon zu spät war.

Vor dem Wegfahren ist Jessica extra zu Tonino gegangen, um ihm Tschüss zu sagen. Sie wollte sich bei ihm entschuldigen.

„Das war nicht okay, dass ich dir den Stein an den Kopf geworfen habe. Aber du hast ja auch..."

Da hat er sich auch bei ihr entschuldigt.

„Ich hatte keinen Respekt vor dir. Verzeih mir", hat er zu ihr gesagt, und sie hat ein Gesicht gemacht, als ob sie nicht mit so einem Satz gerechnet hätte. Als ob es ihr noch nie passiert wäre, dass jemand von Respekt redet, wenn es drum geht, eine Frau anzugrabschen oder nicht. Vielleicht sehen die im Norden das ja anders.

„Ach was... das hat doch nichts mit Respekt zu tun..."

„Wieso hat das nichts damit zu tun?", hat Tonino gefragt.

„Ich meine, vielleicht hast du das einfach so gemacht, ohne darüber nachzudenken..."

Und er so: „Nee, nee!! Ich hab drüber nachgedacht!"

„Über was denn?"

Naja, sie haben sich nicht verstanden, aber verziehen haben sie sich trotzdem.

Als sie auf die Fähre ist, hat sie mir ihre Handynummer gegeben. Das heißt, ich musste sie danach fragen, aber dann hat sie sie mir sofort gegeben. Ich hab ihr eine Nachricht geschickt.

„Ich hab jetzt schon Lust, dich wiederzusehen."

Aber sie hat nicht geantwortet.

Manchmal kann es sein, dass draußen auf dem Meer kein Netz ist. Also hab ich gewartet, bis die Fähre sicher schon drüben war.

Und angelegt hatte.

Und bis Jessica von der Fähre runter war.

Aber sie hat nicht geantwortet.

Da hab ich gedacht, dass Nachrichten vielleicht auf dem Meer verloren gehen können. Von den Möwen gefressen werden, die hinter den Fähren herfliegen, um im Kielwasser Fische zu fangen.

Oder sie geraten in den schwarzen Rauch der Schiffsschornsteine, und dann kann man sie nicht mehr lesen.

Auf offenem Meer fallen sie dann vielleicht runter, wie auf einer Straße, die plötzlich im Nichts aufhört.

Also hab ich sie ihr nochmal geschickt. Noch zweimal, zur Sicherheit.

Sie hat mir nicht mehr geantwortet.

Nie mehr.

DREIZEHNTES KAPITEL
Nur die Augen, sonst nichts

Die Saison ging weiter – als Jessica weggefahren ist, war gerade Ostern vorbei –, und es war echt eine miese Saison.

Fast nichts verdient, weil es immer so viel Wellen hatte, dass man nicht rausfahren konnte.

Wenig Leute.

Es hat immer geregnet.

Einmal hab ich Carolina getroffen, die Blonde, die Freundin von Silvana, der Dunklen.

Schwanger war sie.

Ich hab sie von weitem kommen sehen – sie war eben von der Fähre runter – mit einem Mordsbauch und dicken Lippen; voll hässlich, sie sah total anders aus. Einen Moment lang hab ich Angst gekriegt und ganz schnell nachgerechnet, aber ich hab gleich kapiert – also fast gleich –, dass es nicht von mir sein konnte: Das war vor einem Jahr gewesen!

Sie hat angefangen zu lachen, denn irgendwie hat sie an meinem Blick gesehen, dass ich Schiss gehabt hatte.

„Du weißt schon, dass ich keine Elefantin bin – die Menschenkinder brauchen neun Monate, nicht mehr!", hat sie zu mir gesagt. Dann hat sie sich umgeschaut und so getan, als ob sie mich noch nie gesehen hätte.

„Pass auf, mein Freund kommt grade." Sie hat mir zugeflüstert: „Der ist so eifersüchtig, da kann man Angst vor kriegen!", aber mir kam es so vor, als würde sie das sogar gut finden, dass er sie sich hält wie ein Wächter seine Gefangene.

Kurz drauf hat er sie eingeholt.

Ein Typ wie frisch aus dem Fitness, es sah aus, als hätte er immer noch die Hantel in der Hand, hinter dem Rücken versteckt.

Beim Laufen schaute er sich andauernd schnell um, wie so 'n Bodyguard. Fehlte nur die Pistole und das Mikro an der Backe – das Zeug hätte er sonst bestimmt auch dabei gehabt, aber er hatte nur eine Badehose an.

Und man konnt's ihm direkt ansehen, dass er diesen Satz auf der Zunge liegen hatte, auch wenn er ihn nur mit den Augen ausgedrückt hat: „Was'n los? Was gibt's 'n da zu glotzen? Das da ist mein Mädel und kein Schaufenster!"

„Was juckt mich denn deine Freundin!", hätte man zu ihm sagen sollen.

Aber ich hab das Thema gleich gar nicht erst aufkommen lassen: Ich hab mich gebückt und so getan, als ob ich was hinten in meinem Boot suchen würde, bis sie vorbei waren.

Ich weiß nicht, was in dem Moment mit mir passiert ist, als ich mit dem Kopf im Boot gesteckt bin.

Ich weiß nicht mal, wie lange ich in dieser Stellung zugebracht hab. Es war so, als ob alles da drin in Zeitlupe ablief, und als ich mich wieder aufgerichtet hab, war alles anders. Als ob die Welt sich ins Gegenteil umgekrempelt hätte, so dass aus Blau zum Beispiel Grün geworden war oder die rosa und gelben Häuser ihre Farbe verloren hatten.

Vom Meerrauschen wurde mir schlecht, und den Fischgeruch konnte ich nicht mehr ertragen. Dabei bin ich doch dran gewöhnt, das ist doch mein Leben – und dann hab ausgerechnet ich gekotzt wegen dem Geruch nach Fisch und Meer.

Capa di ciuccio hat mich gesehen, hat gelacht und mich gefragt, ob ich auch schwanger bin: Einfach so aus dem Nichts auf die Hafenmauer zu kotzen, das fand er nicht ganz normal.

Aber ich fand's überhaupt nicht komisch.

Dieses Etwas, was ich grade rausgespuckt hatte, das war schon lange in mir drin gewesen.

Seit Jessica weg war, vielleicht.

Ich hab's einfach nicht schlucken können, dass sie das gemacht hatte.

Ich hatte so getan, als ob es mir egal wäre, als ob sie eine wie alle anderen wäre, die du nach einer Weile vergisst. So wie sie mich vergessen hatte, sofort hatte sie nicht mehr an mich gedacht, kaum war sie mit einem Fuß auf der Fähre.

Aber in mir drin, da war was passiert, was nicht mehr wegging. Was sich festgesetzt hatte, und ich konnt's nicht wegmachen.

Oder vielleicht hatte ich auch schon von Anfang an einen Knoten im Bauch. So als hätte ich was Schlechtes gegessen, einen Mund voll saures Zeug, was nicht mehr vor und zurück wollte.

Vielleicht schon seit ich diese ganze endlose Zeit Ataganà festgehalten hatte, der da überm Abgrund hing, oder seit sie mir von seiner Abschiebung erzählt hatten und es mir so vorkam, als ob die ganze Anstrengung, um ihn zu retten, umsonst gewesen wäre.

Denn er hatte mal zu mir gesagt, dass er lieber sterben wollte als in sein Land zurück und dort wieder so leben, wie er gelebt hatte, und dann hatten sie ihn doch wieder zurückgeschickt.

Ich hab mich wieder an die dicke Psychologin erinnert, in der die hübsche Psychologin drinsteckte. Man musste nur drumherum ein bisschen was wegschneiden – naja, ganz schön viel, um ehrlich zu sein –, und dann kam sie raus.

Sie hatte nämlich zu mir gesagt, dass es bei den schlimmen Sachen so aussieht, als ob sie einem nichts ausmachen, und dann kommen die Folgen erst viel später hinterher. Und vielleicht passierte mir grade das, was sie vorausgesehen hatte.

Ich bin heim.

Ich hab einen Kamillentee getrunken, und beim Trinken – ich musste mich bei jedem Schluck anstrengen, ihn runterzukriegen – hab ich gedacht: In den Schuhen von Atanganà, da ist in dem

Moment mein ganzes Leben drin gesteckt, und das haben sie mir einfach weggeschmissen.

Und plötzlich hatte es keinen Sinn mehr.

Nichts mehr.

Ich hab eine Woche lang geschlafen. Ich bin immer mal wieder aufgewacht, hab was ganz Kleines gegessen, ohne vom Bett aufzustehen, und dann hab ich weitergeschlafen. Meine Mutter hat immer wieder Fieber gemessen, ohne mich überhaupt zu wecken: Ich hab im Schlaf gespürt, wie sie meinen Arm hochgehalten, mir das kalte Thermometer unter die Achsel geschoben und den Arm dann wieder runtergedrückt hat.

Nach fünf Minuten hat sie dann das Ergebnis abgelesen, und nachdem ich inzwischen wieder eingeschlafen war, hab ich ein kleines bisschen die Augen aufgemacht.

„Du hast gar kein Fieber. Ich versteh nicht, was mit dir los ist."

Am Ende hat sie den Doktor geholt.

Der hat mich untersucht und gesagt: „Gute Frau, Ihr Sohn ist gesund wie ein Fisch!", und ich hätt ihm fast ins Gesicht gekotzt, bloß weil er das Wort gesagt hatte. Also Fisch, meine ich.

Ich bin immer länger nicht mehr aufgestanden.

„Ich fühl mich zu müde", hab ich erklärt. „Ich kann nicht aufstehen."

Mamma hat mir geglaubt und mich verwöhnt; sie tat so, als ob es eine richtige Krankheit wäre, von der ich durch ihre Pflege geheilt werden konnte. Ich glaub, es hat ihr gefallen, dass ich krank war, denn so konnte sie mich wieder wie ein Kind behandeln.

Sie ließ mich aufstehen, um mir das Bett zu machen, und dann hat sie mich in Ruhe gelassen. Sie hat mir immer wieder was zu essen gebracht.

Ich war nicht im Körper müde, sondern im Kopf, und ich hatte gar keine Wünsche mehr. Ich hatte keine Lust mehr auf gar nichts.

Egal, an was ich dachte, was man so machen könnte – es kam

mir alles sinnlos vor. Und dann war sowieso alles so anstrengend, dass ich es gar nicht erst schaffen würde. Das einzige, von dem es mir gleichzeitig gut und schlecht ging, aber bei dem ich mich wenigstens noch am Leben fühlte, war, an Jessica zu denken.

Ich hab an sie gedacht: in der Nacht auf dem Boot, oder wie sie angekommen war und mich angeschaut hatte, als ob sie mich abcheckt. Aber das war nicht böse gemeint. Sie war bloß eine, die dich genau anschaut und sich in ihrem Inneren fragt, was sie von dir erwarten kann.

Ich konnte mich nicht mehr an sie als Ganzes erinnern, aber zum Beispiel sind mir ihre Augen wieder eingefallen, und in dem Moment kam es mir so vor, als ob sie nur aus ihren Augen bestand und sonst nichts, der ganze Rest war unscharf. Ich sah vor mir, wie sie ein bisschen nach unten schaute, aber mit weit nach oben offenen Augendeckeln, wie jemand, der versucht, besser zu verstehen, was du sagst, oder dem irgendwas durch den Kopf geht, während du erzählst. Und ich hab's bereut, dass ich nicht aufgehört hatte zu reden – wahrscheinlich hatte ich sowieso nichts so arg Interessantes gesagt – und sie nicht gefragt hatte, was sie denkt. Denn ich wollte alle ihre Gedanken wissen und alles, was in ihr versteckt war.

Solange ich sie mir in meinem Hirn vorstellte, dachte ich, es geht mir gut. Ich hab in Gedanken mit ihr geredet und sagte ihr viele Sachen, die ich ihr nicht gesagt hatte. Und sie hat mir sogar geantwortet. Es war ein richtiger Dialog zwischen mir und mir, aber eben mit ihr dazwischen.

Aber jedes Mal hab ich irgendwann gemerkt, dass sie ja gar nicht da war, dass ich alleine im Bett lag. Und dann hab ich solche Lust auf sie gekriegt, dass mir davon die Knochen wehtaten und die Muskeln und der Bauch.

So als würd ich mich irgendwie auflösen und ganz schwach werden. Wie ein Nichts. So als würd ich einen Schritt machen und denken, dass da der Boden war, und dann ins Leere fallen. Oder als würd ich einen Geist umarmen.

Ich atmete ein und kriegte keine Luft. Und in diesen Momenten hab ich mich geschämt für meinen willenlosen Körper, der wie aus Schlamm wurde. Weil, ja, es war die Liebe, denn ich war in Jessica verliebt, aber es war der Körper, der verrückt spielte, der nicht auf der Höhe war. In solchen Momenten hab ich verstanden, wie sich die Junkies fühlen, die sich irgendein Zeug einschmeißen müssen und wenn sie das nicht kriegen, körperlich leiden. So hab ich mich ohne Jessica gefühlt.

Wie einer, der Heroin nimmt, so brauchte ich Jessica im Blut.

Einmal hab ich versucht, ohne sie Sex zu haben.

Es war Abend, draußen regnete es, ich fühlte mich wie eingewickelt in das Regenrauschen, gemütlich in meinem Bett, so als ob die Laken und die leichte, lauwarme Decke, mit der meine Mutter mich zugedeckt hatte, es gut mit mir meinten. Ich hab versucht, so zu tun, als ob meine Hand ihre wäre als ob ich ihre Haare im Gesicht hätte, und ich hab ganz leise meinen Namen gesagt, so als ob sie ihn zu mir sagen würde.

Dann hab ich's bereut. Weil danach war's noch schlimmer, und ich hab noch viel mehr gemerkt, dass sie nicht da war, und dann musste ich heulen.

VIERZEHNTES KAPITEL
Wie geht denn das: laufen?

Draußen war Juli. Mit dem Regen und dem Gewitter kam eine Sturmflut, sowas hatte es noch nie gegeben. Die Boote krachten im Hafen aneinander, und das Wasser kam runter wie aus einem Springbrunnen.

Alle sind zum Hafen gerannt, um zu retten, was noch zu retten war.

Mein Vater, der bis dahin nichts dazu gesagt hatte, dass ich nicht mehr aufstehen wollte, kam ins Zimmer, fuchsteufelswild.

„Ja gibt's denn sowas, du feiger Dreckskerl, du liegst hier im Bett rum, und da draußen geht die Welt unter?"

Er hat mit meinen Stiefeln nach mir geschmissen und mir mein Ölzeug ins Gesicht gehauen, dass es klatschte wie eine Ohrfeige, und mich angebrüllt:

„Los jetzt, raus mit dir, geh du auch was schaffen!", mit einer Stimme wie ein Monster und mit roten Adern in den Augen vor lauter Zorn.

Ich hatte keine Kraft zum Diskutieren, also hab ich mich angezogen und bin raus.

Meine Beine fühlten sich total schlapp an, und ich hab gedacht, ich müsste von einem Moment auf den anderen stehenbleiben, mich an einer Wand abstützen und den ersten besten, der vorbeikam, fragen:

„Entschuldigung, wie geht denn das: laufen? Ich weiß es nicht mehr..."

Ob man das Knie beugen und dabei erst den einen oder erst den anderen Fuß nach vorne schieben musste, ob man nicht vielleicht, um sich sicherer zu fühlen, sogar die Hände auf den Boden setzen sollte. Denn es kam mir so vor, als ob ich überhaupt gar nichts mehr könnte, und das einzige, was mir übrigblieb, war, es den anderen nachzumachen.

Aber die waren alle verzweifelt am Rumrennen, zerrten an Leinen und legten sie um die Poller. Ich hab ihre Stimmen gehört:

„Komm hierher! Geh da rüber!"

Hierher. Da rüber. Wohin denn?

Der Regen war heftig, fette prasselnde Tropfen.

Blitze kamen runter.

Alles unter Wasser, die Restauranttische am Schwimmen, wie Flöße. Und alle versuchten, sie zu erwischen und festzuhalten. Um zu zeigen, dass ich auch mitmachte, hab ich mir einen Stuhl geschnappt, als eine Welle ihn grade mitreißen wollte, und um ihn festzuhalten, hab ich mich draufgesetzt.

Irgendwann sah ich *Capa di ciuccio* am Heulen: Sein Boot war untergegangen.

Mir war das echt egal. Nein, dass Tonino heulte, das hat mir leid getan: Seine Unterlippe war nach unten gebogen wie ein Hufeisen, und ein Rotzfaden tropfte ihm von der Nase in den Mund. Er wischte sich mit dem Ärmel vom Ölzeug ab, dabei weiß doch jeder, dass man damit nichts trockenkriegt, und was dabei rauskam, war ein ekliger Schlonz, den kann man gar nicht beschreiben.

Genau, wegen diesem ganzen Ekel hat's mir leid getan, denn Tonino war noch nie einer von den Hübschen, aber seine Würde hat er nie verloren. Auch nicht körperlich. Aber in dem Moment, als er so verzweifelt war und total voller Rotz, da war er scheußlich anzuschauen.

Richtig egal war mir aber, dass auch mein Boot untergegangen war. Sonnendach und alles Drum und Dran. Komplett gesunken.

Am nächsten Tag, als alles vorbei war, hab ich es mir unter Wasser angeschaut. Es war auseinandergefallen und alle Holzteile zersplittert. Die Kissen hatten die Wellen mitgenommen, und in der Nacht war auch das Sonnendach verschwunden. Da sind so dicke Fische im Kreis drumherum geschwommen wie Geier um verfaultes Fleisch: die Hafenfische, Meeräschen.

Die sind grau, aber durch die dunklen Reflexe in dem leicht modrigen Wasser kriegen sie eine bräunliche Farbe; dazu haben sie sowas wie Taschen aus Fett um die Augen rum, und wenn man nur dran denkt, an dieses schwabbelige, unförmige Zeug, dann dreht sich einem schon der Magen um.

Diese ekligen Fische hatten sich schon eingewöhnt und waren am Hin- und Herschwimmen, zwischen den zerbrochenen Planken, so als würden sie sich dort richtig wohlfühlen und hätten vor, sich häuslich einzurichten in meinem Boot.

Ich hab auf sie draufgespuckt.

Da sind sie alle ganz fix hochgekommen und haben meine Spucke gefressen. Ich hab das schleimige Schmatzen ihrer Kiefer gehört und gesehen, wie sie mit ihren schwammigen Augendeckeln klimperten vor Genuss.

Ich musste wieder kotzen.

Ganz oft.

Würgen ohne Inhalt. Wie Schreie.

Meine Mutter hat wieder den Doktor geholt.

Diesmal hat der Arzt nach der Untersuchung das Wort Depression gesagt. Meine Mutter hat ihn bestürzt angeschaut, da hat er es ihr genauer erklärt:

„Früher hieß das Nervenzusammenbruch."

Mamma hat sich Sorgen gemacht, weil im Fernsehen hört man immer wieder von jemandem, der depressiv ist und seine Kinder aus dem Fenster schmeißt oder auf die kranken Großeltern schießt. Zum Glück hatte ich das alles nicht, keine Kinder, keine Großeltern, keine Pistolen. Fenster schon, aber ich wohnte ja im ersten Stock. Doch Mamma hat sich trotzdem gar nicht mehr eingekriegt.

„Aber so jung“, hat sie immer wieder gesagt, „wie gibt's denn sowas?“, und der Doktor hat ihr erklärt, dass nicht nur Alte Depressionen haben können, und dass die Jungen heute mehr Probleme haben als früher, weil sie keine Ideale mehr haben. Und dass das hier, auf der Insel, kein Ort für junge Leute ist. Ein Dorf, in dem's nicht mal Internet gibt. Wo das Trinkwasser immer noch mit dem Schiff kommt wie vor dem Krieg.

Meine Mutter hat ihn angeschaut. Sie hat mit dem Kopf genickt. Aber nichts verstanden. Denn aus ihrer Sicht war doch alles, was der Doktor sagte, und was ein Problem oder was Negatives sein sollte, eigentlich ganz normal und schon immer so.

„Aber wieso hat er denn diesen Zusammenbruch?“, wollte sie unbedingt wissen.

„Depressionen kommen, weil sie kommen.“

Dann hat er kurz nachgedacht.

„Hat er ein Trauma gehabt, Ihr Sohn?“

Es war klar, dass meine Mutter immer weniger durchblickte, und deshalb hab ich eingegriffen.

„Mamma, ein Trauma ist eine Art Schrecken. Ein harter Schlag, aber nicht im Körper. Im Hirn.“

„Guter Junge“, hat der Doktor gesagt, und dann zu mir:

„Also, hast du nun ein Trauma gehabt?“

„Ach was weiß denn ich. Ich muss mich nur ein bisschen ausruhen“, hab ich gesagt, um die Frage aus der Welt zu kriegen.

Da ist der Doktor gegangen und hat mir irgendwelche Pillen aufgeschrieben, mit denen es mir, meinte er, besser gehen sollte.

FÜNFZEHNTES KAPITEL
Solche Nächte

Ich wusste nicht, ob das Problem die Depressionen waren oder nicht, aber ich hab mal so getan – dann haben sie mich nämlich alle in Ruhe gelassen.

Auch mein Vater, der total sauer war, weil ich den ganzen Tag im Bett rumlag, hat seit dem Moment, als das Wort raus war, nichts mehr zu mir gesagt.

Nur wenn der Fernseher an war und ich wegen irgendwas in der Sendung doch mal grinsen musste, sagte er:

„Du lachst ja, dann hast du ja doch keinen Nervenzusammenbruch."

Das hat ganz vorwurfsvoll geklungen. Meine Mutter schaute dann böse zu ihm rüber, und er machte sich eine Zigarette an und war still.

Stimmt schon, manchmal bin ich schon stehengeblieben und hab ein paar Minuten hingeschaut, was grade im Fernsehen war, aber ich hab das nur halb mitgekriegt. Es hat mich kein bisschen interessiert.

Einmal lief eine Doku über Genua. Über das Aquarium von Genua.

Ich hab nicht weitergezappt, weil ich dachte, dass sie an so einem berühmten Ort bestimmt keine so blöden Fische wie die Meeräschen aus dem Hafen zeigen würden, so dass ich keine neuen Ekelanfälle riskierte.

Tatsächlich haben sie Haie und Muränen gezeigt und auch diese durchsichtigen Fische mit dem bunten und glänzenden Innenleben.

Blaue. Rote.

Sie blinkten auf dem Bildschirm rum, hin und her und auf die Kamera zu, und manchmal haben sie unabsichtlich direkt reingeschaut.

Runde, unschuldige Augen.

Ich hab nochmal versucht, Jessica eine Nachricht zu schicken.

Ich hab ihr geschrieben, dass, auch wenn Zeit vergangen war, nichts von dem ermattet war, was ich für sie fühlte. Ich fand mich ganz toll wegen dem Wort *ermattet*. Ich glaube, das hatte ich noch nie in meinem Leben benutzt, keine Ahnung, wieso das aus mir rauskam.

Die Antwort kam fast sofort: „Ich glaube, du hast an die falsche Nummer geschrieben. Ich kenne keinen Salvatore."

So hab ich sie dann wirklich gelöscht, ihre Nummer aus meinen Kontakten auf dem Handy, um ganz sicher zu sein, dass ich nicht nochmal versuchen würde, mich bei ihr zu melden.

Ich wusste nicht, ob ich die Nummer falsch aufgeschrieben und sie mir deshalb nie geantwortet hatte; oder ob die Nummer tatsächlich richtig war und sie nur so tat, als würde sie keinen Salvatore kennen, weil sie nichts mehr von mir wissen wollte.

Egal, das war's jetzt.

Und tschüss, Jessica!

Ich fand, dass sie echt scheiße war. Denn damals hatte es wirklich so ausgesehen, als ob sie sich in mich verliebt hätte, und ich war drauf reingefallen.

Da reicht schon eine Nacht, weißt du das? Aber vielleicht nicht, wenn man aus Genua ist. Da braucht es noch mehr Zeit.

Aber für solche wie mich reicht eine Nacht, denn noch mehr solche hab ich nicht gehabt. Solche Nächte.

Mädels schon, viele.

Die, denen immer kalt ist.

Die, die auf das große Sonnendach stehen.

Die im Urlaub Spaß haben wollen und es ganz toll finden,

ihren Freundinnen zu erzählen, dass sie auf 'nem Boot Sex gehabt haben.

Die, die es zu zweit machen, aber das waren immer noch nur die beiden: Carolina, die inzwischen wohl geworfen hatte, und Silvana, von der wusste ich gar nichts mehr. Aber an die beiden hab ich oft gedacht, weil sie mit mir was gemacht hatten, von dem alle Jungs träumen, glaub ich.

Aber wie ich an Jessica denken sollte, das wusste ich nicht.

„Manchmal denk ich, dass ich dich liebe. Dann wieder, dass ich dich hasse. Aber sowas von", sagte ich zu mir selber.

Mein Vater ist an einem Abend in mein Zimmer gekommen und hat sich aufs Bett gesetzt, um mit mir zu reden. Ganz vorne auf die Kante, wie wenn er auf Kohlen sitzen würde. Wann war mein Vater schon mal so nah zu mir hergekommen, um mir was zu sagen?

Er hat mit so Halbsätzen angefangen, so als ob er sich ein bisschen genierte. Er hat mich gefragt, ob ich die Pillen nehme, die der Doktor mir verschrieben hatte, und ich hab Ja gesagt, auch wenn es nicht stimmte.

Meine Mutter hatte sie für mich gekauft, und bevor ich das Zeug einwarf, hatte ich den Zettel gelesen, der in der Schachtel war. Es ist so: Wenn du nicht schon depressiv bist, von dieser Medizin wirst du's dann ganz bestimmt, denn sie macht zwar deine Krankheit weg, aber dafür – so stand es auf dem Zettel – kannst du Unruhe, Krämpfe, geistige Verwirrung und noch andere Sachen davon kriegen.

Sogar Selbstmord, wobei sie sich nicht sicher sind, ob das wegen den Depressionen passiert oder weil die Pillen, die du genommen hast, falsch gewirkt haben.

Da hab ich zu mir selber gesagt: „Ich bin schon von allein durcheinander genug, dafür brauch ich doch nicht auch noch 'ne Medizin." Also hab ich nur so getan, als ob – und sie jeden Tag im Waschbecken runtergespült.

Dann hat mein Vater angefangen, ziemlich wirres Zeug zu

reden: Meine Mutter hatte ihm das mit dem Trauma erklärt, hat er gesagt, und das mit dem Schrecken, von dem ich vielleicht krank geworden war.

„Aber der Schrecken, das war doch da, als dieser Typ, der Schwarze, fast runtergefallen wäre, auf der Baustelle? Vielleicht war's zu viel für dich, als du versucht hast, ihn festzuhalten..."

Ich hab angefangen zu lachen.

„Papa, schon klar, das war nicht so lustig wie im Vergnügungspark. Aber was hätt ich denn machen sollen? Ihn runterfallen lassen, damit ich kein Trauma kriege?"

„Nein, nein, um Gotteswillen! So hab ich das nicht gemeint", hat er schnell gesagt. Dabei glaub ich, dass er es genau so gemeint hat. Denn wenn du alt wirst, dann siehst du einen Haufen Sachen ganz anders und schaust immer zuerst, was für dich selber rausspringt.

Oder auch nur, dass du nichts Eigenes riskierst.

Aber egal, jedenfalls hat er das Thema gewechselt, und das hat die Sache kein bisschen besser gemacht.

Er hat davon angefangen, dass ich doch den Schiffsführerschein machen und Fährkapitän werden sollte, und dass die Depressionen davon vielleicht weggehen würden.

„Aber du hast mir doch früher immer gesagt, das wär wie Busfahren!"

„Ja und? Was ist denn da verkehrt dran, am Busfahren?", hat er gesagt.

Mein Vater und ich, wir sind echt nicht dafür gemacht, miteinander zu reden. Wir verstehen uns nicht. Wir kriegen's einfach nicht hin.

Dann hat er weitergesucht nach Sachen, die er sagen konnte, bis ihm die Kohlen den Hintern verbrannt haben und er aufstehen und rausgehen musste.

SECHZEHNTES KAPITEL
Auch die stärksten Gefühle

Ich kann mich gut an das Datum erinnern: Es war der 18. September.

Den ganzen Sommer war bekacktestes Wetter gewesen, die Leute hauten alle ab.

Sturm.

Der Hafen in Trümmern.

Das Einzige, was in dem ganzen Sommer vor dem 18. September Schönes passiert ist, war, dass irgendwann ein kleiner Junge bei mir vor der Tür stand und gesagt hat: „Ich hab eine Nachricht für dich: Unten beim Hafen, da ist ein schwarzer Typ, der fragt nach dir."

Ich hab sofort an Atanganà gedacht, aber dann hab ich überlegt, das kann doch nicht sein, der ist doch weißgottwo.

Aber dann hab ich trotzdem sowas Ähnliches wie Lust gekriegt, aufzustehen und nachzugucken, und tatsächlich, als ich unten ankam, war es wirklich Atanganà!

Wir sind uns um den Hals gefallen, das hatten wir noch nie gemacht. Dabei, als er da hing und ich ihn an den Schuhen festgehalten hab, das war eigentlich tausendmal mehr als eine richtige Umarmung! Damals hatten wir unsere Leben getauscht, und jetzt waren wir wie Brüder.

Er war hergekommen, um mich zu sehen.

„Wie das denn, haben die dich dann doch nicht in dein Land zurückgeschickt?", hab ich ihn gefragt.

Da hat er angefangen zu lachen: Er hatte einen kaputten Zahn, ganz vorne. Wie schade. Ein Lächeln mit so vielen Zähnen, und dann genau in der Mitte ist es futsch.

„Du weißt doch, wie das ist... Nicht so wie beim Papst, wenn sie den mit dem roten Teppich bis zur Flugzeugtreppe begleiten... Bei uns schauen sie manchmal nicht so genau hin...", und er hat mit den Händen so eine Bewegung gemacht, wie wenn was wegfliegt. Und mit den Schultern gezuckt.

Wir haben uns zusammen an den Strand gesetzt, und er hat mir erzählt, dass er jetzt Taschen verkauft. Drei Typen wollten seine Ware klauen, während er schlief, aber er ist aufgewacht, und sie haben ihn zu dritt verprügelt und seinen Zahn kaputtgemacht. Dann kam die Polizei, und so hat er seine Taschen retten können.

Dafür hat er einen Wisch bekommen, auf dem stand, dass er das Land verlassen soll – aber den hat er in tausend Stücke zerrissen.

Er hat wieder angefangen zu lachen mit seinem Tunnel mitten im Mund, und hat so 'ne Bewegung gemacht, wie wenn man ein Papier zerreißt, nur ohne Papier.

Ich hatte keine Lust, ihm was von mir zu erzählen, das hatte doch alles keinen Sinn.

Das Einzige, was ich ihm gern erzählt hätte, war das mit Jessica – nicht weil er mir so vertraut vorkam, sondern weil das eigentlich das Einzige war, was mir überhaupt passiert war.

Und weil ich, wenn ich von ihr redete, auch das Gefühl hatte, dass sie damit wieder ein bisschen lebendig wurde und nicht nur sowas war, was ich mir ausgedacht hatte.

Aber ich kam mir vor wie ein dummer kleiner Junge.

„Er hier, der erzählt mir, wie sie ihm das Gesicht demolieren, wie sie ihn beklauen, wie sie ihn aus Italien rausschmeißen, und dann fang ich an, hier rumzuheulen wegen einer Tussi, die mich verlässt? Und das nach nur einer Nacht?"

Ich war ein echter Versager.

So sehr, dass ich Lust kriegte, mich wieder ins Bett zu legen.

Aber dann hab ich doch probiert, ihm was zu erzählen.

Ich hab gesagt: „Hör mal, ich hab eine Frau kennengelernt..." und ihm ein bisschen erzählt, wie es gelaufen war.

Dass sie in Genua war und nie ans Telefon ging.

Und da hat er geantwortet, als wäre es das Normalste auf der Welt: „Fahr doch nach Genua, und dann suchst du sie."

„Aber ich weiß doch gar nicht, wo sie wohnt. Ich weiß gar nichts", hab ich gesagt.

Er hat mich verwundert angeschaut.

„Dann triffst du sie eben auf der Straße."

„Aber Genua ist groß."

„Ja, weiß ich doch. Aber wenn du nur hier rumhirnst, kommst du auch nicht weiter."

In dem Punkt hatte er Recht, fand ich. Denn er war einer, der im Leben nicht viel rumgehirnt hatte und einfach losgezogen war, ohne an die Risiken zu denken. Sonst wär er heute ja nicht in Italien.

Und ich hab auch kapiert, dass ich so viel am Rumhirnen war, weil ich Angst hatte.

Vielleicht, nach langer Sucherei, würde ich sie tatsächlich zufällig auf irgendeiner Straße treffen, nach einem Monat oder länger, in dem ich durch ganz Genua gehirscht war, mal hier, mal da übernachtet und mich von belegten Brötchen ernährt hatte. Mit langem Bart, dreckig und abgerissen, und sie war vielleicht tipptopp angezogen, mit Frisur und hohen Absätzen.

In dem Fall, wo sollte ich denn bloß den Mut hernehmen, zu ihr hinzugehen und hallo zu sagen? Sie suchen gehen, das war doch komplett sinnlos, und ich würde nur noch mehr leiden.

Genau, das war es. Ich hatte Angst vorm Leiden, und deshalb rührte ich mich nicht und bildete mir ein, dass man weniger leiden muss, wenn man sich nicht rührt.

Atanganà wechselte das Thema.

„Gehst du im Winter wieder auf den Bau?"

Ich weiß nicht, ob er kapiert hatte, dass bei mir nichts mehr zu machen war, oder ob es ihm einfach nicht so wichtig war, über was wir redeten.

Vielleicht hat er auch gedacht, dass ich ein Feigling bin, und wollte mich nicht kränken.

Ich sagte, vielleicht eher nicht. Weil mein Vater wollte, dass ich den Kurs für den Führerschein mache, um Fährkapitän zu werden.

Das stimmte nicht, ich war mir überhaupt nicht sicher, ob ich das machen will, ganz im Gegenteil, ich hatte gar keine Lust dazu – aber irgendwas musste ich ja sagen.

„Du hast ja ein Glück, dass du sowas Tolles machen kannst!", hat er zu mir gesagt.

„Ich hab Depressionen", hab ich geantwortet. Obwohl das gar nichts damit zu tun hatte.

Er hat mich angeschaut, als ob er gar nicht wüsste, was das Wort heißt.

„Depressionen, das ist, wenn du keine Kraft hast, auch nur einen Finger zu rühren. Nur im Bett liegen und an die Decke starren. Und denken. Immer dieselben Sachen denken, die sich dann in deinem Kopf verwursteln. Bis du gar nix mehr kapierst."

Da hat sein Gesicht geleuchtet wie bei einem, dem ein Licht aufgegangen war.

„Ah, ja! Wenn einer faul ist!", hat er gesagt. „Ich bin auch oft so. Nur dass ich aufstehen muss, weil ich im Bahnhof schlafe, und um sechs die Polizei anfängt rumzulaufen."

Aber er hat das ganz normal gesagt, nicht als Vorwurf oder so.

Trotzdem hab ich mich wie ein Wurm gefühlt neben ihm.

Ein Wurm, mit dem das Schicksal es gut gemeint hat.

„Atanganà", hab ich zu ihm gesagt, „warum hast du so getan, als ob du kein Italienisch kannst?"

„Ich tu immer noch so", hat er geantwortet. „Denn wenn sie denken, dass ich kein Italienisch kann, sagen sie mir alles ins Gesicht, und dann kann ich mich verteidigen. Sobald sie sehen, dass ich nichts verstehe, geht es los mit ‚Scheißneger', mit einem

Lächeln im Gesicht, als wär's ‚lieber Freund'; mehr als Witz, nicht so sehr aus Bosheit, meistens jedenfalls. Aber so weiß ich dann, mit wem ich's zu tun habe. Das ist alles."

Ich schaffte es nicht, etwas zu sagen.

„Wir wollten doch mal Freundinnen tauschen..." Ich hab gedacht, ihn an unsere Abmachung zu erinnern, das wär so eine Kleinigkeit, die uns wieder zusammenbringen würde.

Er hat mit einer Schulter gezuckt, das hieß sowas wie: Ist doch egal.

Komische Sache: Du rettest einem das Leben, weil du wirklich denkst, dass seins genauso viel wert ist wie deins, und danach ist er dir völlig wurst.

Weil – es ist das Leben selber, das du in dem Moment retten willst, und nicht die Person. Das muss so was Instinktives sein. Soll heißen, in so Momenten rennst du entweder instinktiv davon oder du meinst, du kannst alles schaffen. Und auf einmal fühlst du dich wie einer von diesen Helden aus dem Schulunterricht, die um jeden Preis gewinnen müssen. Einen Drachen töten. Einen Riesen mit nur einem Auge. Einen Hund mit drei Köpfen.

Wenn du dann fertig bist mit Heldsein, dann bleibt nichts mehr davon übrig. Auch die stärksten Gefühle sind irgendwann weg.

Atanganà ist, glaub ich, hierhergekommen, um mich zu besuchen, weil er sicher war, einen guten Freund zu finden, aber ich hab ihn wohl enttäuscht.

„Ich bin müde, ich geh ein bisschen schlafen."

„Ich muss auch gehen", hat er gesagt.

Dann haben wir uns nochmal umarmt, aber diesmal waren wir beide nicht mehr so richtig bei der Sache.

Das also war – auch wenn es am Ende mehr so lala lief – wirklich das Einzige, was vor dem 18. September passiert ist.

SIEBZEHNTES KAPITEL
Eine Art Kummer

So um die ersten Septembertage kam ganz plötzlich doch noch eine Art Sommer, als die Zeit dafür eigentlich schon längst vorbei war.

Wer konnte, hat Nebensaison-Urlaub genommen.

Es war am 18., ich sollte mit der Fähre fahren und in einem Spezialzentrum irgendwelche Untersuchungen machen lassen, weil meine Mutter bemerkt hatte, dass mir ein bisschen die Haare ausfielen. Sie hatte gesagt:

„Siehst du, das sind gar keine Depressionen, du hast irgendeine Krankheit im Blut."

Und damit sie nicht anfing zu weinen, und weil sonst sie ganz bestimmt einen Nervenzusammenbruch gekriegt hätte, hab ich ihr versprochen, mich untersuchen zu lassen.

Ich bin also auf der Straße lang, hab mich gar nicht mal so schlapp gefühlt und konnte mich sogar wieder ganz gut erinnern, wie Laufen funktioniert, auch wenn es irgendwie immer noch komisch und unnatürlich war.

Aber ich hatte eine Methode gefunden. Ich musste mir in meinem Kopf nur immer wieder sagen: „Einen Fuß vor den anderen... einen Fuß vor den anderen...", und schon lief's.

Aber dann musste ich aufpassen, nicht zu nah ans Wasser zu kommen, als ich am Hafen entlang ging.

Weil – ich erinnerte mich noch an diese bräunlichen Meeräschen, die meine Spucke gefressen hatten, und hatte Angst, sie zu sehen und wiederzuerkennen. Ich erinnerte mich an die genüsslichen Geräusche von ihren Mäulern, eine Art Schmatzen, aber weicher, wie wenn jemand gleichzeitig kaut und saugt. Wie die Alten ohne Zähne.

So bin ich ganz dicht an der Mauer entlang und hab von weitem Ausschau gehalten.

Meine Kumpels, die hatten wieder angefangen zu arbeiten.

Ihre Boote waren frisch repariert, und Tonino seins war sogar brandneu. Als sie mich sahen, haben sie mich begrüßt. Das war schön, weil ihre Gesichter ganz ehrlich aussahen. Sie haben sich also wirklich gefreut, mich zu treffen.

„Heeeeey! Schau mal, wer da kommt", hat Tonino zu den anderen gesagt, als er mich sah.

„Salvatore!"

„Wann kommst du denn wieder, Salvato'?"

„Jetzt kommt er wieder! Jetzt kommt er wieder!"

Sie haben gefragt und dann direkt selber geantwortet, während ich sie anschaute, ohne was zu sagen. Aber ich musste lächeln.

Es ist schön, wenn du merkst, dass die Leute sich an dich erinnern. Ich hatte an sie nicht mehr gedacht. In meinem Kopf waren sie wie gelöscht.

Da hab ich sie gesehen.

Sie schaute auf mein totes Boot auf dem Grund, mit dem grünen Schimmel und den ungekämmten Algenfäden, die unter der Wasseroberfläche rumwaberten. Die wachsen ja wie nix, die Algen. Von einer Woche auf die andere wird ein Wald aus Gelatine draus, der sich hin und her bewegt. Aber nicht so wie Bäume im Wind. Eher wie Würmer oder aufgeregte Schlangen.

Ich sah sie von hinten, sie stand am Rand der Mole und hat aufs Wasser gestarrt.

„Jessica!", hab ich gesagt.

Sie hat sich umgedreht, mich aber nicht gleich erkannt. Einen Moment lang hat sie mich mit einem Blick angeschaut, der nicht an mir hängen blieb, und in dem Moment hab ich kapiert, in was für einem Zustand ich war.

Ich hatte kein Fleisch mehr auf den Knochen.

Ich war blass, und alle anderen waren braun: Auch wenn der Sommer mies gewesen war, ein paar Sonnentage, um ein bisschen Farbe zu kriegen, die gibt's eigentlich immer.

Ich hab so getan, als ob ich mich am Kopf kratze, um zu fühlen, ob die Stelle, wo meine Mutter meinte, dass mir die Haare ausfallen würden, wirklich so auffällig war.

Nach dem ersten Moment Verwirrtsein ist Jessica auf mich zugerannt, ist mir um den Hals gefallen, aber ich hatte Angst, ich würde stinken, denn wegen den Depressionen hatte ich keine Lust mehr, mich zu waschen. Und deshalb bin ich ein bisschen zurückgewichen.

„Was ist denn mit dir passiert, Salvatore?"

„Wieso?"

„Ich habe nach dir gefragt, und sie haben mir gesagt, dass es dir schlecht geht."

Ich wusste nicht, was antworten, und ich wollte auch gar nicht viel reden, weil es mir so vorkam, als würde zusammen mit den Wörtern dieses Geräusch aus meinem Mund kommen, von einem, der gleichzeitig kaut und saugt, wie bei den bräunlichen Meeräschen, dieses eklige Geräusch.

Das kam daher, dass ich eigentlich heulen musste, ich weiß nicht genau warum, und wenn ich heulte, dann würde es so aussehen wie bei *Capa di ciuccio* in der Nacht von dem Sturm, mit dem Rotz von der Nase runter bis zum Mund und Lippen wie ein Hufeisen.

Aber ich hab's geschafft, keine Miene zu verziehen und die Rührung nicht zu zeigen, die ich vom Wiedersehen mit ihr kriegte. Ja, das war echt Rührung.

Komisch.

Ich hatte gedacht, wenn ich sie überhaupt wiedersehen würde, dann würd ich froh sein oder sauer. Oder gleichgültig, hatte ich jedenfalls gehofft.

Und dabei hab ich mich innendrin so gefühlt, wie wenn du in einem Film die Szene siehst, wie ein Kind aus den Armen seiner Mamma gerissen wird oder ein Ehepaar, wenn der Mann in den Krieg muss, und dann musst du heulen.

Es war eine Art Kummer, was ich gespürt hab, oder Sehnsucht, aber ich weiß nicht, nach was.

Wir sind in die Bar gegangen und haben einen Cappuccino getrunken. Erst beim Trinken ist es mir wieder eingefallen:

„Verdammt, ich sollte doch mit leerem Magen zu der Blutuntersuchung!"

Die arme Seele von meiner Mutter hatte den Termin schon vor einem Monat ausgemacht, das konnte ich ihr nicht antun. Also hab ich beschlossen, trotzdem zu fahren und so zu tun, als würden sie mir Blut abnehmen und mich untersuchen, so wie sie es für mich ausgemacht hatte.

Jessica hat direkt gesagt: „Ich komme mit."

ACHTZEHNTES KAPITEL
Der beste Trick

Auf dem Tragflügelboot waren wir wie zwei Fremde.

Ich hab so getan, als würd ich eine Zeitschrift lesen, die jemand auf dem Sitz vergessen hatte; sie hat auf die ganzen Tröpfchen geschaut, die sich auf dem Fenster sammelten, und ist mit dem Finger von einem zum anderen, wie bei diesen Spielen, wo du die Figur erkennen musst, die zwischen lauter Pünktchen versteckt ist.

Das ist ihre Marotte, immer woandershin zu schauen. Auch in der Nacht, als sie eigentlich Lust hatte, mich zu küssen, da hatte sie aufs Meer geguckt, nicht auf mich.

Sie war jetzt ein bisschen runder, und noch hübscher war sie auch geworden. Dabei hatte ich, als wir weit voneinander weg waren, mir zum Trost immer gesagt, dass ich sie bei einem Wiedersehen vielleicht hässlich finden oder dass sie mir fremd vorkommen würde. Stattdessen, obwohl ich einen auf cool machte, hat es sich so angefühlt, als hätten wir nie aufgehört, zusammen zu sein.

Wie ein Stück von mir, das ich wiedergefunden hatte. Direkt und sofort.

Aber das wollte ich ihr alles gar nicht so genau erzählen, und so hab ich meinen Mut zusammengenommen und sie gefragt:

„Warum hast du nicht auf meine Nachrichten geantwortet? Und als ich dich angerufen habe, auch nicht?"

Da hat sie mir ins Gesicht geschaut, endlich. Es sah aus, als ob sie sich schämen würde.

„Ich habe einen Freund in Genua", hat sie gesagt.

Zum Glück war fast keiner auf dem Boot: Ich hab mit der Faust auf den Sitz vor mir draufgehauen, dass das Plastik kaputtgegangen ist. Ein grüner Splitter ist in meiner Hand steckengeblieben, aber nur da, wo die Haut hart ist.

„Entschuldige", hab ich zu ihr gesagt, und dann war ich lange still.

Sie auch.

Dann hab ich gedacht: „Einen Scheiß muss ich mich entschuldigen!"

Aber ich hab ganz ruhig weitergeredet. Ohne laut zu werden, ohne meine Wut zu zeigen. Sondern ganz sanft, so wie man ein Gedicht vorträgt.

„Du bist aber auch echt 'ne Nutte. Darf man erfahren, wieso du mit mir rumgemacht hast, wo du doch einen Freund hattest?"

„Du hast gar nichts verstanden, Salvatore", hat sie gesagt. „Verpiss dich doch, Mann." Ich wusste ganz genau, dass ich mich scheiße benahm.

Wie kam ich denn überhaupt dazu, sie zu beschimpfen.

Und außerdem hatte ich doch gar keine Ahnung, wie es mit ihrem Freund lief.

Aber sie war gar nicht sauer oder verärgert. Sie hat sich bloß woanders hingesetzt.

Da bin ich auch aufgestanden und hab mich wieder neben sie gesetzt.

„Warum?" Ich hab nicht locker gelassen.

Und sie hat nicht lockergelassen mit Schweigen.

Tolle Gesellschaft. Tolle Überfahrt. Wär sie doch geblieben, wo sie war.

„Was machst du denn jetzt, wenn du kein Boot mehr hast?", fragte sie. Als ob das irgendeine Rolle spielte.

„Ich bin krank. Ich könnte gar nicht arbeiten."

„Was hast du denn für eine Krankheit?"

„Wenn's mir besser geht, geh ich wieder auf den Bau."

„Ich glaube, du bist gar nicht krank."

„Mir ist dauernd schwindlig, und manchmal weiß ich nicht mehr, wie man läuft."

Und da hat sie mich so angeschaut, als hätte sie echt Mitleid mit mir. Aber so 'n hässliches Mitleid, wie wenn du einen Penner siehst, der besoffen am Boden rumliegt.

Wir sind runter vom Tragflügelboot und mussten eine ganze Menge Stunden totschlagen, bevor wir zurückfahren konnten. Ich musste meiner Mutter ja vormachen, dass ich bei der Blutabnahme und bei der Untersuchung am Nachmittag gewesen war, die sie für mich ausgemacht hatte.

„Hier in der Nähe wohnen ein paar Freunde von mir. Sollen wir da kurz hingehen?", und sie hat genickt, nur ein ganz kleines bisschen, als ob sie's mir nicht gönnen würde, dass sie einverstanden war.

„Ich will aber vorher noch was anderes machen", hat sie gesagt.

Sie wollte unbedingt den Ort sehen, wo ich gearbeitet hatte.

Ich hatte ihr in der Nacht auf dem Boot erzählt, wie ich Atanganà das Leben gerettet hatte, und jetzt wollte sie genau dort hin.

„Aber warum denn?" Ich verstand den Sinn nicht.

„Darum. Weil ich Sachen von dir wissen will."

„Seit wann interessierst denn du dich für mein Leben?" Jetzt bin ich doch laut geworden.

Dann hab ich mich aber wieder eingekriegt, und sie hat mich überredet, auf die Baustelle zu gehen.

„Ich weiß von deinem Leben doch auch nix. Außer der Sache mit deinem Vater", hab ich gesagt.

„Frag mich doch mal was, dann kriegst du auch eine Antwort."

Das war der beste Trick, damit ich gar nichts sagte – ich hatte wirklich keinen Schimmer, was ich sie fragen sollte.

Als wir dort ankamen, war alles zu.

Da hing ein Schild, auf dem stand, dass alles beschlagnahmt war, und noch was von einer Art Ermittlung. Irgendwas mit Sicherheit. Mir tat es leid für meinen Chef und für die Leute, die dort arbeiteten und jetzt ihre Arbeit verloren hatten. Auch für den Bauleiter, der eigentlich kein schlechter Kerl war. Die hatten echt Pech gehabt, denn wenn man Baustellen wegen der Sicherheit zumachen müsste, dann würd's überhaupt keine offenen Baustellen mehr geben.

Im Zaun war ein Loch, durch das sind wir rein. Ich hab ihr den Ort gezeigt und ihr erzählt, wie ich rittlings auf dem Balken gesessen hatte und wie Atanganà da runtergehangen war und geheult hatte, dass ihm die Tränen über die Stirn liefen.

Sie schaute hoch, dann wieder runter. Dann wieder hoch. Und runter.

Ihr Kopf ging dabei auf und ab.

Ich fühlte mich ganz schwach von der Hitze und konnte mir gar nicht mehr vorstellen, dass ich an dem Tag damals so 'ne Menge Kraft gehabt hatte.

„Du sollst mich auch retten", hat sie zu mir gesagt, ganz ernst.

Ich hab angefangen zu lachen.

„Du brauchst doch nicht gerettet werden."

„Was weißt du denn schon?"

„Von was?"

„Nichts."

Versteh einer die Frauen. Entweder reden sie und reden, dass dir die Ohren abfallen. Lauter Probleme und Fragen, als ob alles, was passiert, für sie irgendeine Bedeutung hätte. Oder sie erklären dir überhaupt gar nix, und dann sollst du sie aber ganz ohne Reden verstehen.

Sie war eine von der zweiten Sorte.

„Jetzt erzähl du mir was von dir", hab ich gebettelt.

„Die wichtigen Sachen weißt du schon. Ich bin ganz normal."

„Wieso, ich vielleicht nicht?"

Ich war fast ein bisschen beleidigt.

„Weniger. Du hast ja irgendwie zwei Leben. Eins im Winter und eins im Sommer."

„Wie eine Matratze", hab ich gesagt. „Winterseite und Sommerseite."

Sie hat gelacht.

„Was soll das denn, meinst du vielleicht, mein Leben ist schön?", hab ich protestiert. Ich wurde langsam nervös. Keine Ahnung, wieso.

„Ich wohne auf einer Insel, wo es gar nix gibt, und wenn ich an die Zukunft denken soll, dann seh ich sie genauso wie die Gegenwart und die Vergangenheit. Also leer. Früher fand ich das Meer toll. Es war alles für mich. Jetzt, ohne das Meer, ist gar nix mehr übrig."

„Aber das Meer ist doch immer noch da!"

„Jetzt ist es mir aber egal." Ich hab noch einen Moment nachgedacht.

„Und überhaupt, warum soll ausgerechnet ich dich retten?", hab ich gefragt, und meine Nerven lagen echt schon blank.

„Nicht sauer sein, Salvatore. Ich habe das nur so gesagt. Weil ich die Idee schön fand, dass du mich rettest."

Sie hat meine Hand genommen.

Da hab ich gespürt, wie ich nach und nach ruhiger wurde.

„Vor was denn retten?"

„Vor meinem Leben, das ich nicht mag."

„Was stimmt denn nicht mit deinem Leben?"

„Ich weiß nicht. Alle erwarten zu viel von mir. Vor allem meine Mutter."

Zwischen einem Satz und dem nächsten tat sie so, als wär sie nicht ganz bei der Sache.

„Wegen der Sache mit deinem Vater, die du mir erzählt hast?"

Sie hat einen Grashalm abgerissen, der ganz staubig war. Sie hat nach einem Stein gekickt, der runder war als die anderen.

„Auch."

Dann war Schluss, als ob das ein Gespräch war, auf das sie keinen Bock hatte.

„Gehen wir zu deinem Freund. Hier ist es zu heiß."

NEUNZEHNTES KAPITEL
Weil ich grade in der Gegend war

Die Psychologin hatte gesagt, dass ich, egal wann ich es nötig hatte, wieder zu ihr kommen könnte.

So war ich einmal, in der Zeit, als Jessica verschwunden war und ich am Kotzen und nicht wusste, wieso, zu ihr gegangen.

Ich hatte mir auch gedacht, wenn sie abgenommen hätte, dann würd ich sie fragen, ob sie mit mir ausgehen will, aber das war ein dummer Gedanke, weil ich hatte ja gar kein Interesse, mit irgendwem auszugehen und hätt es nur gemacht, um Jessica eins auszuwischen, und außerdem: Wie hätt ich die denn überhaupt eifersüchtig machen sollen, wenn wir nicht mal telefonierten?

Trotzdem hab ich mir vorgestellt, dass wir zusammen reden und Jessica mich fragen würde: Wie geht's denn, was machst du so? Und ich so, als wär das bei mir ganz normal: Nix Besonderes, ich geh mit einer, die Psychologin ist.

Ich glaub, das hätt sie schon geärgert.

Aber die Psychologin – und das war dann das Aus für meine Fantasien – war noch dicker geworden. Und es war nicht zu übersehen, dass sie älter war als ich.

Kaum war ich drin in ihrer Praxis, hab ich es auch schon bereut.

Aber sie hat mich wiedererkannt.

„Komm, Salvatore, setz dich", hat sie gesagt, und es ist doch immer schön, wenn dich jemand mit Namen anredet. Da fühlst du dich gleich, als ob du was wert bist.

Ich hab ihr gleich erklärt, dass ich nichts zu sagen hatte, sondern nur so vorbeischauen würde, weil ich grade in der Gegend war.

Ich hatte erwartet, dass eine, die so einen Job macht, versucht, was aus dir rauszukriegen, und sich sonst was für Fangfragen einfallen lässt, drum hatte ich gleich mal vorgebaut.

Aber sie hat sich ganz normal verhalten, wie jemand, der dich nach langer Zeit wiedertrifft, und hat einfach nur gefragt:

„Wie geht's dir?"

Da war ich beruhigt, dass sie kein Geheimnis aus mir rausholen wollte, und so sind die Worte ganz von allein gekommen.

„Gut", hab ich gesagt, „außer dass ich kotzen muss und manchmal nicht mehr weiß, wie Laufen geht."

Sie hat ganz ruhig drauf gewartet, dass ich noch mehr berichte.

„Früher bin ich gelaufen, so wie ich geatmet hab: ohne drüber nachzudenken. Mit allem war das so: mit der Arbeit, mit den Mädels. Jetzt denk ich bei allem, ich muss verstehen, warum ich es mach, und weil's für das Warum kein Weil gibt, krieg ich gar nix mehr auf die Reihe."

Sie hat mich still und freundlich angeschaut.

„Bin ich krank?", hab ich sie gefragt und gelacht.

„Nein."

Dann hat sie nochmal nachgedacht.

„Du bist nur auf ein Hindernis auf deinem Weg gestoßen."

„Was denn für'n Hindernis?"

„Denkst du manchmal an den Unfall, den du hattest? Als du diesen Jungen gerettet hast?"

Ich fand es gut, dass sie nur „Junge" gesagt hat, ohne über seine Hautfarbe zu reden.

Aber irgendwie hatten wohl alle um mich rum diese fixe Idee.

„Frau Doktor, die Geschichte da, die hat nichts damit zu tun. Stimmt schon, manchmal fällt sie mir wieder ein, oder ich träum davon. Aber das ist doch lang vorbei. Liegt doch nicht daran, dass ich nicht mehr weiß, wie man läuft."

„Nein. Aber wegen dieser Geschichte hast du vielleicht angefangen, dir Fragen über dein Leben zu stellen. Über das Leben im Allgemeinen."

Das war vielleicht nicht ganz verkehrt. Früher hatte ich alles einfach instinktiv gemacht.

„Kann's vielleicht sein, dass ich nicht mehr weiß, wie man läuft, weil ich nicht mehr so laufen will wie früher und es nochmal neu lernen will, wie ein Kind?"

„Kann sein." Sie hat wieder gelächelt und ein Gesicht gemacht, als ob sie es auch nicht weiß. Sie hat wohl nicht gemeint, sie selber wär ein wandelndes Lexikon oder so.

Ich fand sie echt sympathisch. Schade, dass sie eine Frau Doktor war und nicht eine Freundin von mir, sonst hätt ich es nett gefunden, ab und zu mit ihr zu quatschen.

Sie zu fragen, ob sie verliebt war. Ob sie einen Typ hatte.

Einen dicken wie sie selber oder mehr so einen kleinen, schmächtigen.

Den sie zwischen ihren Titten verstecken konnte.

ZWANZIGSTES KAPITEL
Ich hab überlegt, sie zu streicheln

Vincenzo arbeitete als Straßenbauer und war im Sommer nie da.

Wir sind ins Haus rein, und alles war dunkel und hat nach Moder gerochen.

Ich hab den Rollladen im Wohnzimmer aufgemacht, und da kam 'ne Sonne rein, die so heftig war, als ob sie alles kurz und klein hauen wollte.

Die Glasvase auf dem Tisch zerdeppern.

Die Vorhänge in Brand stecken, die noch nie wer gewaschen hatte.

Auch die Blumen auf der Tapete waren ganz erstaunt, als sie das Licht gesehen haben, und hätten sich am liebsten unter den kleinen Blättern versteckt, von denen das ganze Tapetenmuster voll war.

Sogar der Staub auf den Möbeln und auf dem Boden hat sich aufgerichtet, als ob ein Windstoß ihn hochgeblasen hätte, und hat sich dann wieder hingelegt. Ganz komisch war das. Eine Art dunkle, ganz leichte Wolke. Nie gesehen, so 'ne Art Staub.

Der war wie lebendig.

Also hab ich den Rollladen wieder ein Stück runtergelassen und dann einen Witz gemacht: „Jetzt werden auch noch die Zombies wach!“, hab ich auf Dialekt gesagt. Jessica hat mich angeschaut wie jemand, der gar nix kapiert hat.

Ich hab's ihr erklärt, und dann fand sie es ziemlich lustig.

Vielleicht hab ich doch ein Talent als Komiker? Ich red so 'nen Quatsch daher, und schon lachen die Leute.

Wir haben uns aufs Sofa gesetzt, und sie hat den Fernseher angemacht. Nach einer Weile hat sie einen Film gefunden, der ihr gefallen hat, und dann saß sie ganz still da und hat den Film geschaut. Auch wenn der schon ein Stück angefangen hatte. So dass ich irgendwann gesagt hab:

„Sorry, aber was gibt's denn da zu gucken, in der Glotze?"

„Das ist ein toller Film, auch wenn er schon alt ist", und sie hat mir die Geschichte erzählt.

Es war eine Art Märchen, die Geschichte von einer Meerjungfrau, die aus dem Wasser steigt und nach New York fährt. Also hab ich ein Stück mitgeschaut, und es war an der Stelle ganz lustig.

Da ist einer, also der Held, der verliebt sich in sie und nimmt sie zum Fischessen in ein Restaurant mit, aber da blamiert sie ihn bis auf die Knochen – sie ist zwar wunderschön blond, mit Locken bis zum Po, aber sie frisst wie ein Tier. Ohne Besteck, und sogar den Panzer vom Hummer. Sie ist das so gewöhnt, sie ist ja selber ein Fisch. Aber die Geschichte war sehr schön, richtig romantisch.

Eine echte große Liebe.

„Siehst du? Er rettet sie. Denn weil sie eine Meerjungfrau ist, wollen sie sie erforschen und den Leuten zeigen und sperren sie in ein Aquarium..."

„Wie das von Genua?"

„Ja, mehr oder weniger. Und er rettet sie vor den Experimenten, die sie mit ihr machen wollen, und lässt sie frei, wieder zurück ins Meer."

Das, was sie mir da erzählte, kam mir vor wie ein netter Vorwand, um auf das Thema von vorhin zurückzukommen. Wo sie wollte, dass ich sie retten soll.

„Aber was soll denn ich machen, um dich zu retten?"

„Ich weiß es doch nicht...", und sie hat mich mit so einem Ausdruck angeschaut, wie ein Kind. Das noch nichts von der Welt weiß und alles von dir erwartet.

„Ich muss doch erst wissen, was die Gefahr ist, damit ich dich retten kann."

Sie hat nicht geantwortet.

Und ich wusste überhaupt nicht, was ich sagen soll. Oder machen.

Ich hab überlegt, sie zu streicheln und dann mit ihr zu schlafen. Aber die Frauen werfen den Männern ja immer vor, dass sie glauben, alles damit lösen zu können. Mit Sex. Vielleicht stimmt das ja: Aber gibt's denn was Besseres?

Dann fing ich an, ein Jucken zu spüren. Es hat mich an den Knöcheln gejuckt, und ich hab gedacht:

„Nee, oder, schon wieder ein neues Symptom. Erst hab ich nicht mehr gewusst, wie man läuft, und jetzt prickeln mir die Füße. War wohl doch nicht gut, dass ich nicht zu dem Doktor gegangen bin, wie's meine Mutter wollte."

Jessica, die ganz auf den Film konzentriert war, hat sich auch gekratzt, ohne es zu merken, aber ich hab's genau gesehen.

„Was hast du denn an den Beinen?", hab ich zu ihr gesagt. Sie hat an sich runtergeschaut, wir haben uns angeschaut: Und dann hat sie geschrien.

Lauter kleine schwarze Punkte, und die waren lebendig.

Wir sind runtergesprungen vom Sofa, und da kam vom Boden wieder diese schwarze Welle hoch, wie vorhin, als wir die Rollläden aufgemacht hatten, und hat sich dann wieder hingelegt. Wir sind im Zimmer rumgerannt, ohne Plan, und um uns rum war die Welle, die schwankte hin und her und legte sich dann immer wieder auf uns drauf.

Das war eine Flutwelle aus Flöhen: Und wir waren voll davon. Die ganze Wohnung war damit zugedeckt wie mit einem Teppich. Der Boden, die Möbel, der Nippeskram.

Wir haben versucht, sie mit den Händen wegzumachen, aber je mehr wir rumgezappelt haben, umso mehr Flöhe sind auf uns draufgesprungen.

„Verdammte Scheiße, Vincenzo hatte 'ne Katze, die hat Junge gekriegt, und er hat sie alle mitgenommen!"

Wenn Flöhe kein Tier mehr haben, auf das sie draufgehen können, dann werden das in so einer leeren Wohnung im Nullkommanix Millionen.

Und außerdem ist die Freundin von Vincenzo eine, die nie saubermacht. Er ist immer den ganzen Tag am Arbeiten, und sie macht von morgens bis abends keinen Finger krumm.

Jessica war total am Durchdrehen. Sie hat sich überall gekratzt, ihre Haare waren total verwurstelt, sie ist von einem Zimmer ins andere geflüchtet, aber die waren alle voller Flöhe.

Da hat sie sich plötzlich nackig ausgezogen, auch die Unterhose, und ist in die Badewanne. Im Wasser haben die Flöhe sie losgelassen und sind abgesoffen.

„Komm du auch rein, Salvatore!"

Ich hab mich auch ausgezogen und hab mir die Flöhe abgeduscht. Und die, die versuchten, in die Wanne reinzukommen, haben wir sofort mit dem Wasserstrahl ersäuft. Wir haben zugeguckt, wie sie in den Abfluss gespült wurden, ein kleiner Fluss aus schwarzen Pünktchen, der im Loch verschwunden ist.

Da haben wir uns ein bisschen beruhigt.

Jetzt waren wir in der Wanne drin, in Sicherheit. Aber wenn wir da wieder raus wären, dann hätten die ja sofort wieder angefangen, uns anzuspringen. Und unsere Kleider waren auch voll mit denen. Und der Boden war immer noch ganz zudeckt.

Da haben wir wie verrückt angefangen zu lachen. Wir haben nicht gewusst, was wir machen sollen, aber trotzdem haben wir gelacht und konnten gar nicht mehr aufhören.

Dann sind wir wieder ernst geworden und haben uns umarmt, so nass wie wir waren. Ganz lange. Wir standen so zusammen da und haben uns nicht bewegt. Wir haben zusammen geatmet, so als ob wir uns damit alles sagen würden, was wir vorher nicht fertiggebracht hatten. Ich weiß nicht, wie lange wir so geblieben sind, die Arme und Beine ineinander verknotet.

Als wir wieder auseinander sind, war mein einer Oberschenkel ganz voll Blut.

Jessica hat an sich runtergeschaut, und auch sie hatte Blut zwischen den Beinen.

„Meine Tage, auch das noch! So ein Scheiß.", hat sie gesagt und hat sich hingehockt, ein bisschen so, als ob es ihr peinlich war. Unter ihr lief ein kleiner roter Bach Richtung Abfluss.

„Wasch dein Bein ab, mach schon, das ist ja eklig!", hat sie gesagt und den Hahn aufgedreht.

Ich hab ihn wieder zugedreht und meine Hand wie eine kleine Schüssel unter sie gehalten. Aber ohne sie zu berühren.

„Ich find gar nix eklig an dir", hab ich gesagt, während mir ein bisschen Blut in die Hand getropft ist. Ich hab die Hand zurückgezogen und es ihr gezeigt, zwischen meinen Fingern, ein bisschen klebrig.

Da hat sie wieder das Wasser aufgedreht.

„Wasch dich jetzt, komm schon", hat sie leise gesagt, aber man konnte sehen, dass es ihr gefallen hatte, was ich gemacht hatte.

Wir hatten Angst, uns ein Handtuch zu holen, vielleicht waren da ja auch Flöhe drauf.

„Bleiben wir jetzt unser ganzes Leben hier?", hat sie gefragt.

„Ich hab nix dagegen."

„Dann finden sie uns, wenn wir verhungert sind. Als Skelette."

„Glückliche Skelette!"

Sie hat wieder gelacht.

Hey, vielleicht bin ich ja echt sympathisch.

„Lass uns jemanden anrufen", und sie tat ganz quengelig.

„Aber wen denn?", habe ich gesagt. „Das ist doch voll peinlich!"

Da hab ich mir selber Mut gemacht. Ich hab zu ihr gesagt:

„Warte hier auf mich."

Ich hab mir die Kleider mitsamt den Flöhen angezogen und bin aus dem Haus gerannt.

„Jetzt rette ich dich, wirst schon sehen!"

Klar, das war jetzt keine große Heldentat, aber besser als nichts. Und immerhin das, was jetzt grade gebraucht wurde.

Meine Mutter hatte mir hundertfünfzig Euro für den Spezialisten mitgegeben, und ich wusste, dass es unten im Supermarkt auch eine kleine Abteilung mit Kleidern gab. Ich hab einen Pareo und einen Badeanzug für sie gekauft, die waren auch noch runtergesetzt, wegen Schlussverkauf.

Shorts und T-Shirt für mich.

Flipflops.

Und Tampons. Ich hab nicht gewusst, welche, und mich geschämt, ich kam mir vor wie 'ne Pussy, wenn ich so 'n Zeug kaufte.

Dann bin ich wieder hoch und hab sie von der Tür aus gerufen:

„Komm raus, du kannst dich auf dem Treppenabsatz anziehen."

Sie hat sich noch ein letztes Mal abgeduscht, dann kam sie gerannt, nackig, auf Zehenspitzen, und hat alles vollgetropft. Ein paar Flöhe waren schon wieder an ihr dran, aber sie ist die Treppe hoch, hat sie mit Schlägen auf die Knöchel weggemacht und dann den sauberen Pareo angezogen. Sie hat ihn direkt über den Titten zusammengebunden, die konnte man im Treppenhauslicht gut sehen, durch den Stoff. Schön fest waren die und guckten mich an.

„Du hast mir Tampons gekauft, die sind für eine, die schon fünf Kinder hat!", hat sie gesagt, als ob sie mich veräppeln wollte.

„Wieso das denn? Sind die Dinger nicht alle gleich? Gibt's vielleicht auch noch Größen für die...?"

Da hab ich lieber aufgehört, ich wusste nicht, wie ich das ausdrücken sollte, so vor einem Mädchen Fotze zu sagen, das fand ich mies.

Ich bin auch wieder in die Wohnung und hab mich nochmal gewaschen. Dann nackig wieder raus auf den Treppenabsatz und die neuen, sauberen Sachen angezogen.

Zum Glück kam keiner von den Nachbarn raus.

Wir haben die Tür hinter uns zugemacht, und es war wie die Schlussszene aus *Die Dämonischen* oder *Arachnophobia – die Rache*.

Ich hatte für alles fünfzig Euro ausgegeben.

Mit dem restlichen Geld sind wir ins Restaurant.

Wir haben jedes Mal Gänsehaut gekriegt, wenn uns die Geschichte mit den Flöhen wieder eingefallen ist.

Sie hat Scampi bestellt und angefangen, sie mit den Fingern zu essen. Jetzt ging's uns wieder gut, wir hatten richtig Spaß.

Ich hab ganz flüssig geredet, ich hatte keine Angst mehr, dass aus meinem Mund das Geräusch von den Alten ohne Zähne kommt.

Und ernsthaft, von Vincenzos Wohnung bis zum Restaurant musste ich kein einziges Mal „einen Fuß vor den anderen... einen Fuß vor den anderen..." denken.

Ich bin einfach ganz easy von A nach B gelaufen und hab dabei an ganz andere Sachen gedacht.

Ich hab mich richtig gut gefühlt. Ich muss aber dazusagen, das ging auch ein bisschen auf das Konto von der Frau Doktor. Ich weiß nicht, wieso, aber als ich mit ihr geredet hatte, hab ich wieder ein bisschen klarer gesehen. Mich getröstet gefühlt.

Beim Essen hab ich Jessica gefragt, wie der Film mit der Meerjungfrau weitergeht, wo sie doch versuchte, sie beim Essen nachzumachen, und so schön wie die Schauspielerin war sie auch.

Nur dass die Schauspielerin nackig war, und das war natürlich nicht übel. Aber am Morgen war auch Jessica mit mir zusammen nackig gewesen.

Sie hat mir also erzählt, dass die beiden sich verlieben, was auch sonst. Aber dann wird sie wieder zur Meerjungfrau – denn vorher hatte sie Beine gekriegt, aber dann wächst ihr wieder der Schwanz – und als er sie vor den Experimenten gerettet hat, muss sie wieder ins Meer zurück, und er folgt ihr. Er springt in Manhattan rein, findet sie unter Wasser, und dann schwimmen sie zusammen weg. Für immer.

„Sehr schön. Das mach ich auch. Irgendwann spring ich ins Wasser und schwimm dir hinterher bis nach Genua."

„Aber du weißt schon, dass er stirbt!"

„Ach so, er stirbt..."

Verdammter Mist, das hatte ich nicht kapiert! Aber ich hatte den Film ja auch nicht gesehen, schließlich.

„Na klar stirbt er. Aus Liebe."

Über das hab ich kurz nachgedacht. Dann hab ich gesagt:

„Trotzdem schön."

„Scheint dich ja nicht ganz zu überzeugen."

„Nein. Ist ja nix Schlechtes, aus Liebe zu sterben. Besser aus Liebe sterben als... wegen einer Krankheit. Oder einem Autounfall. Aber wenn ich's mir aussuchen kann, sterb ich lieber gar nicht."

„Er konnte sich's nicht aussuchen."

„Ah okay. Also, dann hat er's richtig gemacht.", und dabei hab ich's dann lieber gelassen, vor Angst, dass die Diskussion zu kompliziert wird.

Jessica ist schlauer als ich. Sie hat mehr Bildung. Drum hab ich dauernd Angst, mich zu blamieren. Am Anfang bin ich auf ihren Namen reingefallen, weil normalerweise sind die, die Jessica heißen, Kosmetikerinnen oder Friseusen. Bei denen hab ich nix zu befürchten.

Wenn eine, ich sag mal, Costanza, Vittoria oder Lodovica heißt, dann bin ich schon vorsichtiger, weil es voll unangenehm ist, wenn man sich neben einer gebildeten Frau wie der Depp fühlt. Aber sie hat mich drangekriegt, weil eine, die Jessica als Namen hat, bei der war ich ganz sicher, dass sie so schlau nicht sein kann.

„Wie lange bleibst du hier, am Meer?", hab ich sie gefragt.

Aber ich hab Angst gehabt vor ihrer Antwort, weil vielleicht würde sie ja sagen: „Ich fahre morgen."

Und schon hab ich eine Art „tschick-tschack" im Mund gespürt, zwischen einem Wort und dem nächsten, und das hat mir gar nicht gefallen. Mir kamen wieder die ekligen Fische im Hafen in den Sinn, und das kam mir gleich verdächtig vor.

„Eine Woche“, hat sie geantwortet, und da hab ich erst mal nix mehr gesagt.

Ich hab den Finger gestreckt, als wollt ich sagen: „Entschuldige mich einen Moment“, und bin aufs Klo abgehauen.

Ich hab zugesperrt, dabei musste ich gar nicht pinkeln. Ich musste was proben. Ich hab versucht zu sagen:

„Gehst du zurück zu deinem Freund?“, zwei oder dreimal. Ich hab's ganz flüssig gesagt, ohne zwischen den Worten zu schlingern oder steckenzubleiben. Nach dieser Probe hab ich mich sicherer gefühlt.

So hab ich dann, als ich zurück am Tisch war, ein lächelndes Gesicht gemacht, mit den Händen die Tischdecke vor mir glattgestrichen, nur damit ich irgendeine Bewegung machen konnte, und zu ihr gesagt: „Gehst du zurück zu deinem Freund?“

Sie hat eine Art Ja mit dem Kopf angedeutet. Sie sah aber nicht so aus, als ob sie froh wäre, zu ihm zurückzugehen, und das hat mir gut getan.

„Außer du entschließt dich, mich zu retten.“

„Ich rette dich. Sag mir einfach, was ich machen soll.“

„Hat dein Freund dir vielleicht erklärt, was du machen sollst, um ihm das Leben zu retten, als er runtergefallen ist? Derjenige, der in Gefahr ist, der weiß doch nicht, was man machen muss, um ihn zu retten.“

Ich hab nicht verstanden, was sie meinte, aber ich wollte auch keinen Druck machen, um eine genauere Erklärung zu kriegen. Soviel war mir klar: Sie wollte, dass ich von allein drauf komme, aber so gut einfühlen konnte ich mich doch nicht.

Oder vielleicht wusste sie auch selber nicht, was sie braucht: Dann waren wir uns wenigstens darin einig.

EINUNDZWANZIGSTES KAPITEL
Wir wurden nachts wach

Auf der Fähre haben wir die ganze Zeit geknutscht.

Und dann ist sie zum Schlafen mit zu mir gekommen.

Wir waren viele Tage lang nur in meinem Zimmer. Zum Glück war mein Vater unterwegs auf Arbeit, der hätte das nicht erlaubt, aber meine Mutter ließ mich nach der Geschichte mit dem Nervenzusammenbruch sowieso alles machen.

Sie hat uns sogar Essen ans Bett gebracht, und weil sie dabei ein schlechtes Gewissen hatte – sowas gehört sich ja eigentlich nicht für eine Mutter –, hat sie jedes Mal gesagt:

„Hauptsache, es geht dir gut, mein Sohn."

Wir hatten die ganze Zeit Sex.

Wir wurden nachts wach, und dann ging's direkt los. Wenn ich am Schlafen war, dann kam ihre Hand rüber. Und das hat schon gereicht.

Und andersrum. Dann war sie am Schlafen, und ich mit der Hand zu ihr rüber. Manchmal waren wir gar nicht richtig wach und haben's quasi im Schlaf gemacht, und am Morgen wusstest du gar nicht so richtig, ob's wirklich passiert war oder nur geträumt.

Wir mussten aber leise sein, denn irgendwie war's mir doch peinlich, wenn meine Mutter uns hören konnte.

Manchmal haben wir uns auf den Boden gelegt, auf den Bettvorleger, weil das Bettgestell so laut gequietscht hat. Dann mussten wir lachen, weil wir dauernd überall angestoßen sind, und bei einer falschen Bewegung ist uns auch mal die Lampe auf den Kopf gefallen.

In einer Nacht ist mir was Komisches passiert, was noch nie vorgekommen war. Während wir Sex hatten, kam's mir so vor, als würd ich vom Bett abheben. Richtig nach oben. Das war aber gar nicht romantisch oder poetisch, also so Wolke-7-mäßig.

Nein, es war eher so wie schwindlig sein, echt so, als ob mein Körper aufsteigen würde, so im Liegen, wie er war, immer weiter hoch.

Hoch.

Und dann stop.

Hoch. Und dann wieder stop.

Und immer noch weiter hoch, aber ich hab nicht kapiert, was das ist und wann das aufhört. Irgendwie hat es mich auch erschreckt, weil wenn was so stark ist und so geheimnisvoll, dann macht's einem eben Angst.

Aber es war auch total schön.

So ein Gefühl, wie wenn du dir sagst: „Okay. Ich könnte jetzt auch sterben, und das wär gar nicht schlimm. Weil ich das hier erlebt habe."

Übrigens weiß ich noch, dass die eine Lehrerin in der Schule, die, die so gut reden konnte, uns von einem erzählt hatte – Schriftsteller war der oder keine Ahnung was, jedenfalls einer, der studiert hatte –, der meinte, dass Liebe und Tod ganz ähnlich sind. An dem Tag fand ich die Erklärung richtig gut.

Einmal, als es Jessica und mir so vorkam, als ob unsere ganze Kraft auf einmal weg wäre – also bei ihr auch, nicht nur bei mir – und wir es nicht mehr schafften, noch mehr Sex zu haben, da haben wir uns draußen auf der Terrasse in die Sonne gesetzt. Irgendwann ist sie dann vom Liegestuhl aufgestanden, ist rein und kam mit einer Gitarre wieder raus, die ich im Zimmer hängen hatte, die war von meinem Opa, und meine Mutter hatte sie mir geschenkt wie eine Reliquie. Aber ich hatte nie drauf gespielt. Ich hab keinen Schimmer von Musik, auch wenn ich gern würde.

Sie hat eine ganze Weile zum Stimmen gebraucht, weil so lang niemand mehr drauf gespielt hatte.

„Du musst mal ab und zu neue Saiten draufmachen, die sind ganz rostig", hat sie gesagt, schon vorwurfsvoll, aber auch ganz lieb. „Das ist eine gute Gitarre. Ein Jammer, wenn man sie so behandelt."

Sie hat den Staub weggepustet, und es kam 'ne richtige Wolke raus, die vor dem starken Sonnenlicht sogar ein bisschen farbig aussah.

Und dann hat sie angefangen zu spielen.

Wie sie die Finger bewegt hat, das war einfach grandios. Kleine, zarte Finger, eine Kinderhand.

Dann hat sie angefangen zu singen.

Und hey, ganz im Ernst, wenn da irgendwo noch ein winzig kleiner Zweifel übrig war, ob ich verliebt war oder nicht – der war jetzt weg.

Weil was Schöneres konnte ich mir auf der ganzen Welt nicht vorstellen.

Ich kam mir vor wie einer, der immer taub war, und plötzlich erfüllt die Madonna seinen größten Wunsch, und er hört zum ersten Mal eine Stimme und Musik.

Genau so. Wie nach einer Wunderheilung kam ich mir vor.

Sie hat auf Englisch gesungen, und ich hab nix verstanden. Aber das war egal.

Irgendwann ist meine Mutter auf die Terrasse rausgekommen. Sie hat sich ganz still in eine Ecke gestellt, als ob sie nicht stören wollte.

Jessica hat den Kopf gehoben und sie angelächelt, und Mamma hat sich getraut, ein paar Schritte näher zu kommen.

Dann war Jessica mit dem Lied fertig, und meine Mutter, mit dem Geschirrtuch aus der Küche in der Hand, hat sich die Tränen abgewischt.

„Danke", hat sie zu Jessica gesagt und ist weggegangen, und man konnte sehen, dass sie das große heulende Elend hatte.

„Meine Mutter hat sich dran erinnert, wie ihr Vater immer auf dieser Gitarre gespielt hat“, hab ich Jessica erklärt und ihr ein bisschen was von meinem Opa erzählt. „Du hast meiner Mutter ein großes Geschenk gemacht“, hab ich zu ihr gesagt.

Da hat sie richtig gerührt ausgesehen.

Aber dann hat sie auf einmal ein ganz freches Gesicht gemacht:

„War dein Opa echt so hübsch wie du?“

„Nein! Er war hübsch, ich bin nur interessant!“

„Komm jetzt, tu mal nicht so bescheiden!“

„Ich bin höchstens sympathisch!“, und ich hab so künstlich gelächelt, wie einer, der witzig sein will.

Sie hat angefangen zu lachen und „Depp!“ zu mir gesagt, aber mit so einer lieben Stimme, mit der hätt ich mich gern den Rest von meinem Leben lang beschimpfen lassen.

„Aber um was ging's denn nun in dem Lied?“, hab ich gefragt.

„Um einen, der sich fragt, wie man es anstellt, jemand anderem das Leben zu retten. Vielleicht einem Freund. Denn er hat es nicht geschafft.“

Da hab ich mich nicht mehr zurückhalten können. „Ach, dann ist das also so'n Tick von dir, die ganze Geschichte mit der Lebenretterei!“, hab ich zu ihr gesagt. „Ich wette, du machst nur mit mir rum, weil ich Salvatore heiße und das Retten schon im Namen hab. Ich bin sicher, wenn ich zum Beispiel Ciro heißen würde, hättest du mich nicht mal angeguckt!“

Sie hat gelacht und mit einer Schulter gezuckt, als ob es ein bisschen stimmen würde. Dann hat sie mich geküsst. Und unsere Kräfte, die waren jetzt wieder da.

Also sind wir wieder ins Haus rein.

ZWEIUNDZWANZIGSTES KAPITEL
Vor ihrer Abfahrt

In der Nacht hat Jessica, so wie sie's manchmal macht – erst musst du ihr die Wörter aus der Nase ziehen, und dann plötzlich redet sie wie ein Wasserfall – also, da hat sie auf einmal losgeredet, ohne dass ich sie was gefragt hab.

Sie hat wieder von ihrem Vater angefangen und gesagt, dass sie sich sehr belastet fühlt wegen dem Versprechen, das sie ihrer Mutter gegeben hat, Journalistin zu werden.

„Aber wieso denn? Du bist doch schlau, wo ist das Problem?"

Da ist ihr Gesicht ganz finster geworden, und sie hat geredet, als ob's sehr anstrengend für sie wäre.

„Ich habe das noch nie jemandem gesagt. Ich sage das nur dir, weil ich dich sowieso..."

Und sie hat aufgehört zu reden.

„Weil du mich sowieso, was?", hab ich gefragt.

Sie hat ein bisschen rumgestammelt.

„Nein, nein... nichts...", hat sie dann gesagt.

Sie hat ganz tief eingeatmet, wie vor dem Tauchen. Oder vorm Ins-Wasser-Springen.

„Ich glaube, dass mein Vater kein großer Journalist war. Er war ganz normal, nicht so ein Genie wie meine Mutter meint. Sie hat halt wer weiß was in ihm gesehen. Und seit er tot ist, erst recht. Und jetzt erwartet sie, dass ich, um mit meinem Vater mitzuhalten, eine Oriana Fallaci werden soll..."

„Na und, ist doch egal! Wenn du Oriana Fallaci werden willst, dann wirst du's auch...", und ich war froh, dass sie Fallaci gesagt hatte, weil das ist ein Name, den ich auch kenne; bei Leuten, die länger in der Schule waren als ich – also bei fast allen –, hab ich immer Angst, dass sie von irgendjemand Superberühmtem reden, von dem ich noch nie was gehört hab.

„Und sonst wirst du halt, was du willst“, hab ich weitergeredet. „Mein Vater hat auch gewollt, dass ich den Abschluss mache, und ich hab trotzdem mit der Schule aufgehört.“

„Du kennst meine Mutter nicht“, hat sie gesagt und dabei richtig mutlos geschaut, wie jemand, der in einer schwierigen Lage ist. „So eine Enttäuschung kann ich ihr nicht antun, das würde sie umbringen.“

„Ach was... umbringen!“

„Sie verlangt viel von den Menschen, die sie lieb hat.“

„Dann hat sie sie aber nicht lieb.“

Jessica hat lange nachgedacht über den Satz, den ich da gesagt hatte: Das war toll, dass sie so auf mich hört.

„Ich weiß nicht... Sie hat mich halt auf diese Art lieb“, hat sie schließlich gesagt.

Und sie hat mir erklärt, dass das der Grund war, warum sie sich letzten Frühling nicht gemeldet hatte und nicht ans Telefon gegangen war und auch nicht auf meine Nachrichten geantwortet hatte. Sie hat sich auch dafür entschuldigt, dass sie in ihrer einen einzigen Antwort so getan hatte, als ob sie mich nicht kennen würde.

„Ich habe gedacht, so wäre es leichter für dich, mich zu vergessen. Ich wollte nur dein Bestes.“

„Danke“, hab ich zu ihr gesagt, „aber nächstes Mal sollst du eher mein Schlechtestes wollen als mein Bestes, das wär mir lieber!“

Sie hat gelächelt und mir als nächstes erklärt, dass es nicht wegen ihrem Freund war, dass auch sie mich vergessen wollte, sondern deshalb, weil sie sich nicht ablenken lassen durfte, wenn sie an diese wichtige Uni ging, um Journalistin zu werden, sonst würde sie nicht hinterher kommen mit den Prüfungen.

Da war ich schon ein bisschen beleidigt.

Nicht dass ich lieber gewollt hätte, dass es wegen ihrem Freund wäre, das nicht.

Aber ich hatte so eine böse Vorahnung, so wie wenn du merkst, dass irgendwas stärker ist als alles andere; also, ich meine: Das mit dem Freund, das geht vielleicht irgendwann vorbei, aber diese Verpflichtung, es ihrer Mutter recht zu machen, die konnte man nicht einfach wegradieren.

Aber ich wollte, dass dieser traurige Ausdruck auf ihrem Gesicht weggeht, und hab's mit einem Witz probiert:

„Und was hat jetzt diese Uni mit den SMS zu tun? Man muss doch nicht erst ewig studieren, bevor man 'ne Nachricht übers Handy schicken kann. Das mach doch sogar ich, und ich hab nicht mal einen Schulabschluss!"

Zuerst hat sie gelacht, aber dann ist sie wieder ganz ernst geworden.

„Ich kann es mir nicht erlauben, mit Gefühlen Zeit zu verschwenden."

Da bin ich auch wieder ernst geworden.

„Sowas sagen Leute, die schon vierzig sind!"

„Vielleicht bin ich ja innendrin schon über vierzig." Und sie hat die Nase gerümpft, wie wenn einem was gar nicht gefällt.

„Und dein Freund..." Das hab ich ganz langsam gesagt, weil ich Angst hatte, dass mein Mund wegen der Anspannung eklige Geräusche macht.

„... Wegen dem verschwendest du keine Zeit mit Gefühlen?"

„Nein", hat sie geantwortet.

Und gleich hinterher: „Weil ich ihn nicht liebe."

Dann kriegte sie Tränen in die Augen.

„Und mich, mich liebst du?", hab ich gefragt und den Atem angehalten, bis sie mir geantwortet hat:

„Ja."

Am letzten Tag vor ihrer Abfahrt ist Jessica früh aufgestanden: Wenigstens einmal musste sie doch mit ihren Freundinnen tauchen gehen, mit denen sie hergekommen war. Sie wollte nicht, dass ich dabei war. Sie ist los, als ob sie es eilig hätte, als ob sie vor was davonrennen würde. Ich hab gehört, wie sie im Zimmer nebendran zu meiner Mutter Auf Wiedersehn gesagt hat. Sie hat sich bedankt, und sie haben sich auch geküsst.

Mamma hat gesagt:

„Du kannst immer kommen, wann du willst."

Sie war grade raus, und ich lag da, auf meinem Bett, und mir war noch gar nicht klar, dass sie mir fehlt. Ich hatte noch ihren Geruch an mir dran und hab ihn tief eingeatmet.

Da geht die Tür von meinem Zimmer wieder auf.

Ich mach einen Freudensprung, weil ich denke, sie ist es nochmal.

Dabei ist es mein Vater, der grade heimgekommen ist. Zu früh.

„Wenn du fit genug bist, die da zu ficken, dann reicht's auch zum Schaffen. Morgen geht's wieder zurück auf den Bau", und er haut mir die Tür ins Gesicht.

Abends beim Essen war's so still, dass man nicht mal eine Stecknadel runterfallen gehört hat, aber okay, man hört ja auch sonst keine Stecknadeln runterfallen, auch wenn wir grade nicht alle stinkesauer sind – weil der Fernseher ja immer an ist.

Nur dass normalerweise mein Vater auf die Quizfragen antwortet oder mit denen rumschimpft, die was Falsches sagen. Er haut dann mit der Faust auf den Tisch und sagt: „Kamma denn so bekloppt sein un' so was Einfaches versemmeln?"

Aber an dem Abend war er still. Er war auch sauer auf meine Mutter, weil sie mitgespielt und uns zusammen ins Bett gelassen hatte, mich und Jessica.

Ich hab gesagt: „Ich geh nicht auf den Bau, und wenn du mich umbringst. Ich will wieder in die Schule und den Abschluss machen."

Meine Mutter hat ganz leuchtende Augen gekriegt, nicht weil sie Wert drauf legt, dass ich was lerne, sondern weil das für sie wie ein Zeichen war, dass ich von den Depressionen geheilt bin.

Aber mein Vater hat gesagt: „Wärst du mal in die Schule gegangen, als es Zeit war. Wenn du jetzt in die Schule willst, dann geh erst mal Geld verdienen, dann kannst du damit machen, was du willst."

In perfektem Italienisch, und das war ein schlechtes Zeichen.

Aber er hat das ganz ruhig gesagt. Als wenn es ihm ein bisschen leid tun würde, dass er mir solche Sachen sagen muss.

Wenn er reicher gewesen wär, da bin ich sicher, dann hätt er mich wieder in die Schule gehen lassen, auch jetzt noch mit zwanzig. Und als er vom Tisch aufgestanden ist, hat er mich an der Schulter gepackt und die Hand ein bisschen liegen lassen. Als wenn er mich streicheln wollte, ohne dass es jemand merkt.

DREIUNDZWANZIGSTES KAPITEL
Plötzlich ein ganz süßer Duft

Die erste Nachricht von Jessica kam, als ich gerade in so eine Privatschule reinging, wo man mehrere Jahre auf einmal nachholen kann, zwei oder drei in einem – ich wollte rausfinden, was das kostet.

Mir kam es vor wie eine Art Glückwunsch, auch wenn sie gar nichts von der Sache mit dem Schulabschluss wusste. Ich wollte es ihr auch gar nicht sagen. Ich wollte sie höchstens später überraschen, wenn ich erst den Wisch in der Hand hatte.

Sie hat geschrieben:

„Mir ist klargeworden, dass die Zeit, die man sich für seine Gefühle nimmt, keine verschwendete Zeit ist."

Ich hab ihr nicht gleich geantwortet.

Ein bisschen deshalb, weil sie ja nicht wissen brauchte, dass ich ständig am Handy hing und auf ihre Nachricht wartete. Und auch ein bisschen, weil's gar nicht so einfach ist, auf so eine schlaue Nachricht zu antworten. Wär sie Kosmetikerin, wär's einfacher gewesen.

Die Schule war echt teuer, aber der Vorteil war, dass ich nicht jeden Tag hin musste. So konnte ich auch arbeiten gehen und alles, was ich auf dem Bau verdiente, für den Abschluss verwenden.

Meine Eltern wollten mir helfen, also ich musste daheim kein Geld abgeben. Und nach der Schule, das hatte ich beschlossen, wollte ich auch an die Uni. Ich wusste noch nicht, welches Fach, aber ich wollte einen Job, den man auch ein bisschen draußen machen kann. Architekt vielleicht – Ingenieur war zu schwierig. Eine Journalistin, verheiratet mit einem Architekt, das passt doch, oder?

Es gab auch noch eine andere gute Neuigkeit.

Bei uns nebendran hatten sie eine Baustelle aufgemacht: eine kleine Firma, ein kleiner Unternehmer. Es war ihr erster größerer Job, und sie konnten uns keine Sicherheit geben, aber mir war das egal, weil so musste ich nicht weg zum Arbeiten und konnte im Dorf bleiben.

Wenn ich dann fertig war mit Arbeiten, würde ich direkt heimdüsen zum Lernen.

Ich wusste ja wieder richtig gut, wie das ging mit dem Laufen und Rennen. Sogar Hüpfen wäre kein Problem gewesen.

Nach der Schule, wo ich mich angemeldet hatte, bin ich am Hafen vorbei.

Da waren wieder die üblichen bräunlichen Fische, die Meeräschen, die sich in meinem Boot richtig häuslich eingerichtet hatten.

Immer am Schwimmen, rein und raus.

Sah fast so aus, als ob sie sogar renoviert hätten, weil die kaputten Bretter mit den ganzen Algen drauf, die konnte man gar nicht mehr sehen. Fehlte bloß noch die Heizung.

Fließend Wasser hatten sie ja eh schon.

Ich hab wieder auf sie draufgespuckt, und so eklig wie immer sind sie hergekommen und haben meine Spucke gefressen.

Aber ich hab nicht gekotzt. Nur so ein bisschen übel war's mir, als sie wieder tschick-tschack mit ihren Mäulern gemacht und genießerisch mit ihren fetten Augen geklimpert haben. Das ging dann aber wieder vorbei.

Ich war kuriert von den Depressionen.

Irgendwann wollte ich mal extra mit der Fähre die Psychologin besuchen fahren und ihr sagen, dass alles überstanden war.

Vielleicht würde ich ihr sogar erzählen, dass ich verliebt war.

Jessica hab ich zurückgeschrieben: „Drum bin ich auch der König der Zeitverschwender“, das fand ich eine echt gute Antwort. Ich hab auch ihre Nachricht nochmal gelesen:

„Mir ist klargeworden, dass die Zeit, die man sich für seine Gefühle nimmt, keine verschwendete Zeit ist.“ „Drum bin ich auch der König der Zeitverschwender.“

So direkt dahinter machte sich meine Antwort richtig gut.

Originell.

Ich hatte den ganzen Tag lang drüber nachgedacht. Hatte auch Tonino gefragt, weil der das manchmal richtig gut hinkriegte mit dem Schreiben. Er hatte mal eine Freundin gehabt, bevor er sich die Nase gebrochen hatte, und der hatte er immer so tolle Briefe geschrieben.

Er hat sie mir mal gezeigt, und ich war total neidisch. Einmal hat er ihr auch ein Gedicht geschrieben, aber keiner weiß, wie das bei ihr angekommen ist, jedenfalls hat sie ihn direkt danach abgesägt.

„Drum bin ich auch der König der Zeitverschwender“, hab ich also geschrieben, und sie hat mir sofort geantwortet: „Was heißt das?“, und da bin ich echt zusammengebrochen, weil, wie schon gesagt, Sachen zu erklären, ist noch schwieriger, als sie erst mal einfach hinzuschreiben. Anscheinend war meine Antwort doch nicht so klar, wie sie für mich aussah.

Also hab ich beschlossen, so zu tun, als wär sie eine Friseuse, und hab ihr geschrieben: „Ich liebe dich.“

Sie hat mir geantwortet: „Ich dich auch“, und danach gab's keine Probleme mehr.

„Ich liebe dich.“

„Ich dich auch.“

Alle Probleme gelöst.

Telefoniert haben wir nicht oft. Wir kamen uns dabei wie zwei

Fremde vor, weil wir das nicht gewöhnt waren. Dafür haben wir uns lauter Liebessachen auf dem Handy geschrieben. Ich hab immer den ganzen Tag drauf gewartet, dass es vibriert. Dann hab ich dieses Bildchen von dem flatternden Briefumschlag auf dem Display angeguckt und gewartet, dass es aufhörte, bevor ich die Nachricht aufgemacht hab. Ich hatte es immer dabei, beim Lernen, beim Arbeiten, immer.

Manchmal, wenn mir die Beine bizzelten vom vielen Auf-dem-Stuhl-Sitzen mit den Büchern vor der Nase, dann stand ich auf, lief ein bisschen im Zimmer rum und holte mir die Gitarre von meinem Opa.

Die war jetzt für mich irgendwie eher die Gitarre von Jessica. Sie hatte drauf gespielt, sie hatte sie im Arm gehabt. Auf dem glänzenden Holz konnte ich, wenn ich sie ins Licht hielt, die Abdrücke ihrer Fingerspitzen sehen: lauter kleine Kreise ineinander. Ich kam mir vor wie die Spurensicherung, jedes Mal wenn ich die Gitarre holte. Ich hab sie immer nur ganz vorsichtig angefasst, damit ich nicht ihre Fingerabdrücke mit meinen wegwische: Hätt nicht viel gefehlt, dann hätt ich auch noch Gummihandschuhe angezogen!

Dann hab ich mich immer so hingesetzt wie ein richtiger Musiker und bin mit einem Finger über die Saiten, von oben nach unten und wieder zurück, und hab irgendwie auf dem Griffbrett rumgedrückt. Aber wenn man auf die Finger guckte, dann sah das alles schon ganz richtig aus. Ich hab gedacht: „Wer weiß, eins zu einer Milliarde, vielleicht kommt ja zufällig mal genau die Musik raus, die Jessica gespielt hat?"

Klar, dass stattdessen nur total verstimmtes Zeug rauskam, oder nur so ein Reibegeräusch fast ohne Ton, ein Winseln, wie wenn jemand versucht zu reden, obwohl er doch geknebelt ist.

Das war für mich dann so, als wär ich auch geknebelt. Oder gefesselt. So halt, dass ich was Bestimmtes unbedingt wollte und es auf gar keinen Fall kriegen konnte.

Wenn einer nicht da ist, dann ist er halt weg, Schluss aus.

Da bringt es gar nichts, sich ständig was auszudenken, wie man sich ihm nahe fühlen könnte. Es muss scheußlich sein, wenn dir jemand wegstirbt und du ganz sicher bist, dass dieses Gefühl – nämlich dass du dir was so sehr wünschst und es nicht kriegst – nie mehr weggeht. Weil dieser Jemand einfach nie mehr wiederkommt.

Oben auf der Baustelle war ich immer bis um fünf am Nachmittag. Auch Tonino *Capa di ciuccio* arbeitete da, und manchmal, wenn ich eine Nachricht schreiben wollte mit einem etwas schwierigeren Wort und mir nicht ganz sicher war, dann konnte ich ihn fragen. So zum Beispiel, wenn ich schreiben wollte *Oggi c'è il sole* – heute scheint die Sonne –, dann fragte ich ihn:

„Toni', sag mal, schreibt man *c'è* mit Apostroph oder alles zusammen mit Akzent?", und dann sagte er zu mir, dass ich total bescheuert war; nicht weil ich das mit dem Apostroph nicht wusste, sondern weil ich die ganze Zeit am Warten auf Nachrichten war. Aber dann half er mir schon und sagte mir immer das Richtige.

Unsere Arbeit war, das alte Gefängnis zu renovieren, das seit Jahren leer war, und ein großes Hotel mit allem Komfort draus zu machen. Der Bau hat so eine Form, dass am Schluss, wenn es dann mal ein Luxushotel ist, alle Zimmer Meerblick haben. Das, was die Touristen halt wollen.

Auch wenn ich reich wäre, bin ich sicher, ich fänd's komisch, wenn ich in Urlaub fahre und weiß, dass in dem Zimmer, in dem ich wohne, ganz frisch gestrichen und mit Klimaanlage, früher mal Leute gestorben sind, auch wenn sie Verbrecher waren. An Einsamkeit, am Dreck, an Schlägen, an was auch immer.

Ich denk mir immer, dass die Seele von den Leuten, die drin gewohnt haben, in den Wänden von einem Haus drinbleibt. Und erst recht im Knast.

Meerblick hin oder her – ich würd da nicht hingehn, in so ein Hotel.

An einem Tag, als wir einen Fußboden aufgerissen haben, da haben wir das Skelett von einem Kind gefunden. Das musste schon von vor ewigen Zeiten sein, denn da waren wirklich nur noch die Knochen übrig. Vielleicht eine Frau, die, sagen wir mal im achtzehnten Jahrhundert hier eingesperrt war. Oder im sechzehnten. Das Gefängnis ist ja schon sehr alt.

Eine Frau, die heimlich schwanger war, und dann hat sie das Kind umgebracht und begraben.

Oder sie hat es noch eine Weile aufgezogen, und bevor sie es ihr weggenommen haben, hat sie es lieber totgemacht. Was hätte das arme Kind auch für ein Leben vor sich gehabt?

Sie hat es eingegraben. Und sie hat ein ganz winzig kleines Löffelchen zu ihm reingetan, wahrscheinlich das, mit dem sie ihr Kind immer gefüttert hat. Sie hat es nicht fertiggebracht, das Kind aus dem Fenster zu schmeißen.

Dabei hätte sie das schon gekonnt. Von der Zelle geht es richtig senkrecht runter, und der Körper von dem Kind war bestimmt klein genug, dass er ohne Probleme durch die Gitterstäbe gepasst hätte, und unten ist direkt das Meer. Aber sie hat es lieber bei sich behalten.

Das Loch, wo sie es reingetan hat, das war genau unter der Pritsche, auf der sie geschlafen hat. Vielleicht hat sie ihm abends sogar ein Schlaflied gesungen.

Wir haben zum Chef gesagt, dass da ein Skelett von einem Kind war, aber der hat bloß gemeint:

„Jungs, davon dürft ihr niemand was sagen. Sonst kommt die Polizei, und dann geht's los mit den Kontrollen, ohne Ende."

Er hatte ja immer Angst, dass die von der Bauaufsicht ihre Nase hier reinstecken würden, und dann wär für uns Schluss mit Arbeiten.

„Und das wollt ihr doch auch nicht, oder?"

Nein, das wollten wir nicht: Die Arbeit, die hatten wir ja nötig wie die Luft zum Atmen. Auch wenn alles schwarz war. Ich musste ja die Schule zahlen, und Tonino hatte seine Mutter, die auch noch krank war.

Und wenn die Bauaufsicht kam, dann war wirklich Schluss für uns: Wir hatten keine Helme, keine Sicherheitsgurte, gar nix hatten wir. Auf der anderen Baustelle, die sie auch zugemacht hatten, da hatten wir alles gehabt. Fast alles.

Aber hier waren wir einfach ein paar junge Typen, die den Job gut kennen und wissen, wie man sich bewegen muss.

Der Chef hat verlangt, dass ich die Knochen von dem Kind in eine Plastiktüte stecke, und dann wollte er sie in den Ätzkalk schmeißen – da drin würden sie sich auflösen und keine Probleme mehr machen. Aber das hab ich ihm nicht erlaubt, weil man konnte doch sehen, dass der Mutter dieser kleine Körper wichtig war.

„Wir müssen es richtig beerdigen", hab ich gesagt.

Erst hat er ein bisschen rumgezickt, aber dann hat er mich machen lassen. So hab ich mit Tonino und ein paar anderen Jungs eine kleine Kiste gebaut. Die haben wir weiß angestrichen, mit einem Kreuz auf dem Deckel.

Wir haben die Knochen reingetan und das Löffelchen und haben sie zugenagelt.

Wir mussten sie an einem Ort vergraben, wo sie keiner jemals finden würde, damit das Kind in Frieden ruhen konnte.

Und dann sind wir nach der Arbeit losgezogen, um es auf einem Stück staatlichem Land zu begraben, wo wir wussten, dass Bauen verboten war. Wer hätte da also rumbuddeln sollen?

Der Chef, als wir den winzig kleinen Sarg ins Auto gepackt haben, da hat er sich Sorgen gemacht: „Wenn die euch mit diesem Zeug anhalten, dann gehn wir alle in den Knast."

„Du übertreibst doch!", haben wir gesagt.

„Wie, du übertreibst? Ihr habt ja keine Ahnung, ihr seid ja noch jung, aber das hier ist echt nicht ohne, das ist unerlaubtes Verbergen von Leichen!"

Manchmal machen sich die Leute echt unnötige Probleme.

Weil – die Leiche in Säure aufzulösen oder was er sonst damit machen wollte, wär das vielleicht kein unerlaubtes Verbergen gewesen? Er wollte bloß, dass alles komplett verschwindet und keine Spur mehr da ist, nur damit er ein gutes Gewissen hat.

Auf dem Weg, da fühlten wir uns wirklich so, als ob ein Verwandter gestorben wär, oder ein Freund: Wir waren alle ganz traurig wie bei einer echten Beerdigung. Sogar Tonino, der normalerweise keine drei Worte rausbringt, ohne dass das vierte irgendein Blödsinn ist, sogar der hat ganz ernste Sachen gesagt.

Nämlich, dass das Kind ihm leid tat, aber dass es ihm auch wie ein schlechtes Zeichen vorkam. So als ob dieser Tod, der niemanden einen Scheiß interessiert hatte und der nicht so war, wie es sich gehört – so ganz ohne Segen, zum Beispiel –, also als ob der negative Sachen anziehen könnte.

Aber ich war optimistisch, auch wenn ich im Herzen drin ein bisschen unruhig war, und ich sagte zu ihm, dass doch wir dem armen Kind geben würden, was es verdient hatte. Und der Segen, um den würde sich Gott dann schon kümmern.

Wir kamen zu einem geschützten Platz, auch wenn der ziemlich nahe am Meer war.

Aber er lag ziemlich weit oben, dort kam nicht mal ein starker Sturm hin.

Mir kam es vor wie ein gutes Zeichen, dass da plötzlich ein ganz süßer Duft war.

Meine Kumpels hatten schon den Spaten in der Hand, um unter einem Baum ein Loch zu graben.

„Wartet mal", hab ich gesagt.

Ich bin ein bisschen rumgelaufen, bis ich an eine Art Balkon aus Steinen kam, und da hab ich bemerkt, dass drunter alles voller Glyzinien war, und alle am Blühen und Duften.

Da hab ich ihnen gesagt, sie sollten herkommen und an der Stelle graben, wo ich stand.

Wir haben aufgepasst, dass das Loch schön tief war; wir haben das Kind reingelegt und es gut mit Erde bedeckt. Dabei haben wir auch das Gras wieder zurückgetan, damit man nichts mehr gesehen hat.

Dann haben wir uns hingekniet, das Kreuzzeichen gemacht und laut gebetet, alle zusammen.

Es war aber ganz komisch, weil während ich am Beten war und den Geruch von den Glyzinien eingeatmet habe, der hier ganz stark war, da kam mir statt der ewigen Ruhe aus dem Gebet Jessica in den Kopf.

Weil wir ja zusammen über den Duft von diesen Blumen geredet hatten, an dem Abend, als wir uns kennengelernt haben, und seitdem gehörte alles, was ich gesehen und gesagt hatte, während sie da war, zu ihr. Alles hat sich vermischt.

Jessica und die Beerdigung.

Das hatte ja gar nichts miteinander zu tun, außer dass beides in mir drin war. Ganz stark.

Da hab ich mich an diesen Schriftsteller erinnert, der über die Liebe und den Tod geschrieben hatte und über das, was sie verbindet.

Und es war schön für mich, in mir drin Glück und Traurigkeit zusammen zu spüren. Die hellen und durchsichtigen Augen von Jessica und das dunkle Loch in der Erde, wo das Kind lag.

Ein Meer, das klar war wie Luft, und darüber ein Himmel, der ganz schwarz war von Wolken.

VIERUNDZWANZIGSTES KAPITEL
Und ich hab versucht zu kapieren

Ich hab eine komische Nachricht gekriegt. Ich hatte ihr vorher was Originelles geschrieben. Einfach so, nicht immer nur das ewige: „Ich liebe dich, ich denk an dich."

Ich hatte ihr geschrieben, dass ich es kaum erwarten konnte, dass die Mispelsaison losging, um mir richtig den Bauch vollzuschlagen. Irgendwann hatte ich ihr nämlich erzählt, dass ich sie am Anfang *Zizze di nespola* genannt hatte, als ich mich drüber ärgerte, dass sie mich nicht gleich bemerkt hatte.

Als ich ihr das sagte, hatte sie so getan, als ob sie sauer wäre; sie hatte versucht, mich mit dem Kissen zu ersticken, und mir dann gestanden, dass sie mich an dem Tag sofort bemerkt hatte. Dass sie mich schon auf den ersten Blick gut gefunden hatte, aber sie wollte mir nicht den Gefallen tun, mit mir zu fahren, weil ich für sie wie einer ausgesehen hatte, der sich selber viel zu hübsch findet.

„Pah, soll ich dir mal sagen, wie *du* ausgesehen hast? Wie eine, die jeden abcheckt."

„Dabei hab ich doch nur dich abgecheckt!", hatte sie mir im Spaß gesagt.

Ich glaube, danach haben wir uns geküsst. Die Männer denken ja immer nur an das eine.

Aber sie war da gar nicht so arg anders, im Gegenteil! Ich glaub, sie hat das genauso gesehen wie ich.

Sie hatte mir geschrieben, dass sie mich bald besuchen würde. Da hatte ich sie gefragt, ob sie nicht wollte, dass ich zu *ihr* komme, aber sie hat geantwortet, lieber nicht. Bei mir wäre es schöner.

Und so hatte ich ihr diese Nachricht mit den Mispeln geschickt.

„Aber manchmal kann es passieren, dass die Bäume vertrocknen und keine Früchte mehr tragen", hat sie mir als Antwort geschrieben.

Okay, dieses Thema mit den Bäumen und den Früchten, den Blumen und so, das war eins, von dem wir oft zusammen redeten, aber was sie mir diesmal sagen wollte, das hatte ich jetzt echt nicht verstanden.

So hab ich sie direkt zurückgefragt: „Und das heißt?", und dann war Schweigen im Walde. Nicht so wie sonst, da antwortet sie immer sofort, und ich stell sie mir mit dem Handy in der Hand vor. Allzeit bereit.

Da hab ich Herzklopfen gekriegt und so ein Prickeln in der Brust.

Ich hab ihr geschrieben: „Was ist, willst du nicht antworten?"

Nichts.

Ich hab sie angerufen, aber das Handy war aus.

Da hat sich mir der Magen umgedreht.

Nach drei Tagen, ohne dass sie schrieb und ans Telefon ging, da hab ich gedacht, ich dreh durch.

Ich konnte nicht mehr lernen: Immer, wenn ich mich hinsetzte, war ich nur am Denken und Denken, mit den offenen Büchern vor mir.

Ich war sowas von nervös, das kann ich gar nicht erklären.

„Jetzt schmeiß ich's gleich ins Meer, dein verdammtes Handy!", hat Tonino dauernd zu mir gesagt, weil er mich immer da sitzen sah mit dem Ding in der Hand. Das ich ständig anmachte, weil ich dachte, vielleicht hat sie mir geschrieben und ich hab's nicht gemerkt. Und dann doch wieder nichts.

Vorher war ihr Foto auf meinem Display, aber seit sie aufgehört hatte, mir zu schreiben, hab ich's nicht ertragen, sie da jedes Mal drauf zu sehen. Weil ich mich dann erinnerte, wie ich das Bild gemacht hatte: Als sie bei mir im Bett war, den Kopf ein bisschen nach hinten gebogen, auf meinem Kissen.

Ich hab also das Foto von Jessica weggemacht und eins von denen draufgetan, die schon im Handy drin sind, und jedes Mal, wenn ich es anmachte, kam die Fresse von so einem amerikanischen Surfer, der so lachte, als ob er mich verarschen würde. Wie ein Schlag mit der Faust ins Gesicht.

Es war total hart zu denken, dass ich sie gar nicht mehr sehen würde. Dass ich nicht mal wusste, wo ich sie suchen sollte, weil ich Depp sie schon wieder nicht nach ihrer Adresse in Genua gefragt hatte.

Als sie da war, da dachte ich nämlich, dass ich sie für immer für mich hatte, und war so damit beschäftigt, das alles zu genießen, ihre Worte, ihre Bewegungen, auch die ganz kleinen, dass ich mir sonst um gar nichts Sorgen machte.

Das hab ich jetzt bereut.

Manchmal kam ich auf die Idee, dass sie mir vielleicht deshalb nicht antwortete, weil sie einen Unfall mit dem Mofa gehabt hatte oder beim Tauchen im Schwimmbad.

Aber dann ist mir diese Nachricht mit dem Baum wieder eingefallen. Das kann ja wohl echt nicht sein, dass eine erst sowas schreibt, was irgendwie nach vertrocknenden Gefühlen klingt, und dann hat sie auch noch einen Unfall mit dem Mofa!

Sie hat bestimmt ihren Freund wiedergetroffen, dachte ich.

Sie hat bestimmt rausgefunden, dass sie ihn doch liebt.

Oder dass sie wegen ihm keine Zeit für Gefühle verschwendet.

Vielleicht wollte ihre Mutter sie auch zwingen, jemand zu heiraten, und sie hatte deshalb zu mir gesagt, dass ich sie retten sollte!

Ich fühlte mich total hippelig, als ob ich unbedingt irgendwas unternehmen müsste, aber was?

Ich hab auch mit Tonino drüber geredet, aber der hat nur gesagt, dass ich jetzt total verblödet wäre. Dass es doch nicht sein kann heutzutage, und erst recht in einer Stadt im Norden, dass ein Mädchen gezwungen wird, einen zu heiraten, den sie nicht will, und dass ich wohl einen an der Waffel hätte. Aber sowas von.

„Aber wieso hat sie dann gesagt, dass ich sie retten soll?"

„Was weiß denn ich, Salvatore? Vielleicht fand sie's toll, so zu tun, als ob sie so 'ne Prinzessin wär und du der Prinz, der sie befreit, genau wie im Märchen. Die Frauen sind halt so. Oder sie fand ihr Leben nicht mehr so toll und wollte, dass du ihre Probleme lösen sollst. Aber wie man von sowas aufs Zwangsheiraten kommt – ich fass es nicht!"

Aber dann hat er gesehen, wie fix und fertig ich war, und hat gesagt: „Nimm dir doch 'n paar Tage frei vom Bau. Ich sag dem Bauleiter Bescheid."

Aber daheim ist es mir nur noch schlechter gegangen: Ich war wie so 'n Tier im Käfig, echt.

Ich war nur am Rumgrübeln. Alle Worte sind mir wieder eingefallen, die wir zusammen geredet hatten. Alles, was sie zu mir gesagt hatte. Und ich hab versucht zu kapieren, ob da irgendwas dahintersteckte, was ich in der Situation nicht verstanden hatte.

Am Ende ist mir denn ein Satz eingefallen, von dem es mir kalt den Rücken runterlief, und dann haben sich meine Beine so angefühlt, als ob mir einer direkt überm Knie eins mit 'nem Stock draufgegeben hätte. Wie durchgeschnitten.

Ich hab mich dran erinnert, wie sie von ihrem Vater erzählt und mir dann verraten hatte – wie wenn's ein großes Weltgeheimnis wäre –, dass er gar kein so toller Journalist gewesen war, also kein Genie.

Ich hab das damals nicht richtig verstanden und fand es gar nicht so furchtbar schlimm, dass der arme Mann kein Genie war. Vielleicht deshalb, weil wir in meiner Familie immer ganz zufrieden waren mit dem, was wir eben sind.

Aber ich hatte mir Mühe gegeben, sie zu verstehen, mich in ihr Problem reinzudenken, und darüber hatte ich die Worte wieder vergessen, die sie direkt davor gesagt hatte. Dabei waren die, was mich anging, vielleicht viel wichtiger.

Sie hatte gesagt: „Ich sag dir das jetzt nur, weil ich dich sowieso…" und dann hatte sie aufgehört zu reden. So als ob ihr was rausgerutscht wäre, was sie nicht sagen wollte.

Und ich hatte gefragt: „Weil du mich sowieso, was?"

Und als ob sie es wieder zurücknehmen wollte, dieses *weil sowieso*, hatte sie dann gesagt: „Ach, nichts."

Jetzt konnte ich mich wieder richtig gut erinnern.

Was hatte sie sagen wollen, nach diesem *weil sowieso*?

Jetzt, dachte ich, versteh ich es.

Ihr Ton, ihr Blick und dass sie aufgehört hatte zu reden, das alles sollte heißen:

„*Weil* ich dich *sowieso*… nie mehr wiedersehe!"

Oder „*Weil* ich dich *sowieso*… nicht in mein Leben lasse."

„*Weil* ich dich *sowieso* nie meiner Mutter vorstelle."

Ja, das war's, was sie mir beinah hatte sagen wollen.

Jessica hatte das die ganze Zeit gedacht. Auch wenn sie so verliebt aussah, als ob ich ihr Traumprinz wäre; oder wenn ich sie fest im Arm hatte und sie zu mir sagte, dass es vorher und nachher nichts in ihrem Leben gegeben hätte, sondern dass es nur mich für sie gab.

Dabei war ich für sie immer nur eine Story auf Zeit.

Sie hatte nicht den Mut gehabt, mir das ins Gesicht zu sagen.

Sie hatte schon immer gewusst, dass sie mich früher oder später verlassen würde.

Weil – wenn es für sie, für die Familie, in der sie großgeworden war, so schlimm war, dass ihr Vater kein Genie war, sondern nur ein ganz normaler Journalist, wie konnte sie da mit mir zusammen sein, wo ich doch gar nichts bin?

Ich bin ungebildet.

Ich war mal ein Seemann, aber nicht mal das bin ich mehr.

Ich bin jetzt Maurer.

Und das reicht nicht.

FÜNFUNDZWANZIGSTES KAPITEL
Der Nebel war grade weggegangen

Ich bin aufgewacht und hab mich gefühlt, als würde ich glühen.

Ich hab mich gefragt, wie die Welt wohl wäre, wenn man den Schmerz, statt ihn einfach nur zu fühlen, auch sehen könnte.

Wie eine Art Licht.

Kleine stechende Funken, die rumsprühen wie bei einem Schweißgerät.

Man könnte dann auch die Teile der Welt sehen, die am meisten leuchten, also die, wo es den Leuten am schlechtesten geht; daneben andere, die dunkler sind, ohne Funken, weil es dort weniger Schmerz gibt. Vielleicht gäb's dann mehr Respekt auf der Welt, weil es einen Unterschied macht, ob du nur weißt, dass es jemand schlechter geht als dir, oder ob du es mit deinen eigenen Augen siehst. Auch auf der Straße: Wenn einer leidet, dann würde man das an den Funken sehen, die er versprüht, und vielleicht würden die Leute den dann besser behandeln.

Heute bin ich jedenfalls aufgewacht und habe richtig geglüht vor Schmerz. Vielleicht red ich ja Mist, aber ich hab leider kapiert, dass verliebt sein so schrecklich weh tun kann, wie wenn dir was wirklich Schlimmes passiert ist.

Wegen dem Gedanken, der mir heute Nacht gekommen ist, also dass ich für sie immer nur eine Story auf Zeit war, hab ich fast gar nicht schlafen können und dann beschlossen, sie so oft anzurufen, bis sie irgendwann nicht anders konnte als abzunehmen, und wenn ich dafür den ganzen Tag lang alle fünf Minuten telefonieren musste.

Ich war noch im Bett, als ich die Nummer getippt habe.

Anscheinend hat sie auch auf die Entfernung gemerkt, was ich vorhatte: Sie hat sofort abgenommen, obwohl es noch total früh am Morgen war.

Als ich ihre Stimme gehört hab, kam mir nichts anderes mehr wichtig vor. Endlich hatte ich sie dran, das war mir eigentlich schon genug. Aber dann hab ich mich wieder dran erinnert, wie es mir ging, weil ich nichts mehr von ihr gehört hatte, und so hab ich die Kraft gehabt, sie zu fragen, warum sie das macht. Wie einer, der richtig sauer ist.

Da hat sie sich bei mir entschuldigt. Sie hatte mich anrufen wollen, nur hätte sie vorher noch ein paar Sachen verstehen müssen.

„Du verstehst in aller Ruhe deine Sachen, und ich werd hier solange verrückt?"

„Salvatore, hör auf zu schreien!"

„Ja, sorry", hab ich gesagt.

Sie hat geseufzt und dann leise angefangen zu reden.

„Ich hatte eine Prüfung an der Uni. Die ist schiefgegangen. Ich habe sechs Monate Lernen weggeschmissen. Ich muss mich besser konzentrieren... den Kopf frei kriegen..."

„Red doch keinen Scheiß, Jessica. Das hat doch gar nichts damit zu tun. Hast du deinen Freund wiedergetroffen?"

„Nein."

„Hast du jemand kennengelernt?"

„Nein, Quatsch!"

„Also liegt's echt an mir, pass ich dir nicht?"

„Was?"

„Ich passe nicht für dich. Hab auch nie gepasst. Vielleicht hast du mich sogar geliebt, kann ja sein. Aber trotzdem pass ich nicht..."

Sie hat nichts gesagt.

Wenn sie jetzt mit mir geschimpft hätte, dann hätt ich vielleicht noch ein bisschen Hoffnung gehabt.

Stattdessen hat sie nach einer kurzen Weile sogar noch angefangen zu heulen, aber sie hat nicht gemeint, das, was ich gesagt hatte, würde nicht stimmen. Sie hat geheult und geschluchzt und dann gesagt: „Salvatore, ich werde dich nie vergessen.“ Aber das sollte ja wohl heißen, dass sie mich in ihrem Kopf schon weggepackt hatte, zu den Erinnerungen.

Ich bin zu früh auf die Arbeit, ich hab's zu Hause nicht mehr ausgehalten.

Ich konnte die Beine nicht mehr stillhalten, so als ob Strom drin wäre: eben die Funken vom Schweißgerät.

Ich war vor allen anderen da. Es war Nebel, feuchte Luft.

So muss Genua im Winter sein. Den ganzen Winter.

Sogar eine Schicht eisiger Dampf war auf dem Wasser.

Als der Bauleiter kam – der ist immer der erste –, da fand er mich schon beim Arbeiten, und weil der keine Ahnung hat und gar nicht erst auf den Trichter kommt, dass einer mit zwanzig nur deshalb so früh auf die Arbeit geht, weil ihm vor lauter Nervosität die Seele im Leib explodiert, und nicht weil er so gerne knechtet – drum hat er mir auch noch gratuliert.

Ich war oben auf dem Gerüst, vor der oberen Zelle, wo wir das Skelett von dem Kind gefunden hatten.

Das Loch im Boden, wo wir es rausgeholt hatten, war noch da.

Vor ein paar Tagen hatte ich da ein paar Margeriten reingetan, die ich auf einer Wiese gepflückt hatte, die waren jetzt ganz welk und ließen die Köpfe hängen.

Von unten hat mich der Bauleiter gerufen:

„Bravo! Schon bei der Arbeit! Komm mal runter, ich muss mit dir reden.“

Was der wohl von mir wollte.

Ich hab zurückgerufen: „Okay“, und bevor ich runter bin, hab ich kurz aufs Handy gelinst, weil – auch wenn du sicher bist, dass eine Sache aus und vorbei ist – die Hoffnung auf ein Wunder bleibt dir doch immer.

Wenn sie mir nur irgendwas geschrieben hätte, egal was,

dann hätt ich alles zurückgenommen, was ich zu ihr gesagt hatte. Und hätte wieder neu anfangen können, als ob nie was passiert wäre.

Ich bin auf die nächste Ebene runtergestiegen, und dabei kamen mir auf einmal Zweifel: Wo muss nochmal der Fuß hin, wenn man runter will?

Wieder genauso, wie als ich die Depressionen hatte.

Wenn man vom Gerüst runtersteigt, das ist aber nicht wie beim Laufen: nicht einfach einen Fuß vor den anderen.

Das geht nämlich so: einen Fuß runter und den anderen hoch... Oder wie?

Und die Hände? Müssen die rauf oder runter?

Jede einzeln? Oder beide zusammen?

Ich wusste nicht mehr, wie das ging. Genauso, wie als ich nicht mehr wusste, wie man läuft.

Anscheinend war ich also wohl doch nicht kuriert, auch wenn ich wieder gelernt hatte, mich richtig zu bewegen, und schon lang nicht mehr kotzen musste.

Es war einfach so, dass Jessica meine Medizin gewesen war, meine Droge, und so hatte ich mir eine Weile lang vorgemacht, dass ich wieder gesund wäre. Wieder ganz. Wieder einsatzklar.

Aber ohne sie war ich wieder krank, und noch schlimmer als vorher.

„Einen Fuß vor den anderen... einen Fuß vor den anderen...", hab ich wiederholt, aber es hat nicht funktioniert.

Mir ist überhaupt nichts mehr eingefallen.

Da hab ich Panik gekriegt. Angst, dass ich für immer dableiben muss. Am Gerüst festgekrallt. Am Handy festgekrallt, immer am Warten, dass Jessica sich wieder meldet und die Magie wiederkommt.

Eine Hand rauf, eine Hand runter.

Eine loslassen, dann hält dich die andere...

Die Rohre waren patschnass von dem feuchten Wetter.

An den Schutzengel hatte ich lang nicht mehr gedacht, dabei hatte er mir doch schon so oft geholfen.

Als ich aus der Baggerschaufel rausgefallen war.

Als ich mir fast den Arm ausgerissen hätte beim Festhalten von Atanganà, der in der Luft hing.

Ich hatte mich gar nicht mehr um ihn gekümmert, der arme Engel. Das hatte schon ein bisschen was damit zu tun, dass mein ganzer Kopf voll war von Jessica, das muss ich zugeben.

Aber auch mit den Depressionen, weil da kannst du an gar nix mehr denken, nur an deine Probleme, obwohl's die eigentlich gar nicht gibt.

Ich hab mich umgeschaut.

Der Engel war nicht da.

Nur das Meer, zugedeckt von kaltem Dampf.

Nur Nebel.

Nur das Tuten von der Fähre, die grad in den Hafen reinkam.

Nur die Möwen, die auf dem Gerüst hockten und auf mich runterguckten, als würden sie gleich sauer werden.

Eine Hand. Oder doch die andere?

Einen Fuß. Oder alle beide?

Da bin ich abgerutscht. Erst mit dem Fuß.

Dann hab ich mit der Hand versucht, mich an einem Rohr festzuhalten, aber da war nur Luft.

Ich hab den Abgrund unter mir gesehen.

Ich hab einen Schrei gehört. Ich hab die Stimme von Tonino erkannt, der grade gekommen war.

Aber ich hab nicht den Mund aufgemacht, kein Laut.

Beim Fallen war das erste, was ich gedacht hab, dass diese Mutter es richtig gemacht hatte, ihr Kind nicht aus dem Fenster vom Gefängnis zu schmeißen – untendrunter waren ja lauter Felsvorsprünge, die hätten aus so einem zarten Kind, egal ob es noch lebte oder schon tot war, Brei gemacht.

Und dann hab ich mich an alles erinnert. Ganz plötzlich.

Aber in einem Tempo, das kann man gar nicht erklären. Ich hatte noch nie irgendwas so schnell gedacht, das war schlimmer als ein Computer.

Ich hab nochmal an Atanganà gedacht, der über dem Abgrund am Heulen war, dass ihm die Tränen verkehrtrum runterliefen. Aufgehängt wie ein Schwein. Ich hab mich erinnert, dass ich Angst hatte in dem Moment, genauso viel wie jetzt. Aber es war mir jetzt erst klar, wieviel Angst ich da gehabt hatte. Vielleicht hatte die Psychologin doch Recht, und ich hatte ein Trauma gekriegt an dem Tag.

Ich hab mich dran erinnert, wie ich nicht lernen wollte, und an meinen Vater und meine Mutter.

An das Blut von Jessica zwischen meinen Fingern.

Ich hab von oben die Schmerzfunken gesehen, wie sie überall auf der ganzen Welt leuchteten.

In manchen Momenten ist es so, als würden alle Sachen, die dir passiert sind, sich in einer Reihe aufstellen, und alle zusammen würden eine Art Bild ergeben.

Und da kapierst du dann, ob du ein richtiger Maler bist oder ein armer Stümper. Weil jetzt hast du keine Pinsel mehr, und deine Farben sind alle. Was du bis dahin gemacht hast, das bleibt jetzt so stehen, auch das, was verstreut, versteckt oder noch nicht fertig war.

Und so hab ich beim Runterfallen das Bild von meinem Leben vor mir gesehen, und da war auch sie drauf, Jessica.

Was ich mit ihr erlebt und gefühlt hatte, war so stark, dass es egal war, dass ich es nicht mehr hatte. Ich hatte es gehabt, und damit war alles gut.

Mir ist auch der Film wieder eingefallen, mit dem Typ, der sich in die Meerjungfrau verliebt und sie rettet und sich dann ins Wasser stürzt, um ihr hinterherzuschwimmen, auch wenn das heißt, dass er sterben muss.

Wichtig war nur, dass es Jessica gab.

Und dass sie mich gebeten hatte, sie zu retten.

Ich bin also runtergefallen, rundrum hat sich alles gedreht, und ich hab die Felsvorsprünge gesehen, aber auch das Meer, nur ein bisschen weiter vorne, mein Meer, das ich so gut kannte.

Der Nebel war grade weggegangen, oder vielleicht konnte ich auch wie durch ein Wunder durch ihn durch schauen. Vielleicht ist auch der Schutzengel gekommen und hat feste geblasen und ganz schnell mit den Flügeln geschlagen und damit Wind gemacht.

Ich hab die Wasseroberfläche gesehen.

Da hab ich gedacht, es braucht nur einen kräftigen Schwung nach vorne, und schon schmeißt es mich nicht auf die Felsen, sondern ins Meer. Dann bin ich gerettet. Noch besser: Dann kann ich ganz runter tauchen, mich vom Grund abstoßen und schnell losschwimmen.

Bis nach Genua.

So hab ich's gemacht.

Ein Schwung mit der Hüfte.

Ein Ruck durch die Luft.

SECHSUNDZWANZIGSTES KAPITEL
Von so weit oben

Jetzt geht's mir gut.

Ist aber noch weit nach Genua. Wenn ich dort ankomme, dann rette ich sie. Ich rette Jessica, ich bring sie weg von der Uni, damit sie keine Gefühle mehr verschwendet, um so gut zu werden wie Oriana Fallaci.

Vielleicht treff ich sie auch schon, bevor ich ankomme. Sie ist ja Taucherin.

Der Typ aus dem Film mit der Meerjungfrau, der findet sie direkt, kaum dass er in New York ins Wasser springt, aber vielleicht schwimme ich ja zu weit unten, und so tief kommt Jessica, auch wenn sie eine tolle Taucherin ist, nicht runter.

Ich probier's mal weiter nach oben. Ich versuche zu springen wie die Delfine. Raus aus dem Wasser.

Hoch.

Und stop.

Hoch.

Und stop.

Sowas wie jetzt, das hab ich schon mal erlebt, aber das fällt mir grade nicht mehr ein.

Von so weit oben seh ich alles.

Hoch.

Und stop.

Ich schau bis zum Horizont.

Aber Jessica kann ich nirgends sehen, Genua ist noch zu weit weg.

Ich muss noch weiterschwimmen, bis ich da bin.

Ich lass mir Zeit. Hab's nicht eilig.

Ich denke an mein blauweißes Boot, das im Hafen schaukelt und nicht mehr versunken ist.

An mein rosa-gelbes Dorf.

An einen Jungen, der zwanzig ist, das bin ich. Und ich seh mich, als ob's ein anderer wäre, aber ich weiß, dass ich es bin.

Ich bin schon so lang unter Wasser, dass ich nicht mal mehr Atem holen muss. Ich bewege die Arme im richtigen Tempo. Ich stoße die Füße nach hinten, ohne dass es mich anstrengt. Weg ist die Angst, die ich vorher hatte, als ich echt nicht mehr wusste, wie Laufen geht. Oder wie man von einem Gerüst runtersteigt.

Nur im Hintergrund, da ist ein Geräusch, das stört. Eine Stimme aus dem Fernseher.

Nicht die Quizsendungen von meinem Vater.

Es sind die Nachrichten, und da reden sie von einem Jungen, der echt genauso heißt wie ich, mit Vor- und Nachnamen, der so alt ist wie ich und von einem Gerüst auf einer Baustelle gefallen ist, beim Renovieren von einem Gefängnis, aus dem ein Hotel mit Meerblick werden soll.

Ein tödlicher Arbeitsunfall, *morte bianca*[6], sagen sie in der einen Sendung.

Morte bianca, weißer Tod, so heißt es auch auf dem nächsten Kanal.

Und noch auf einem anderen.

---

6 „*Morti bianche*" (meist im Plural verwendet) ist die italienische Bezeichnung für tödliche Arbeitsunfälle aufgrund mangelnder Sicherheitsvorkehrungen, für die sich kein Verantwortlicher ermitteln lässt (A.d.Ü.)

Alle sind sie ganz betroffen und geschockt.

Der Junge da, genau wie dem wär's auch mir gegangen, wenn in meinem Bild nicht Jessica gewesen wäre, der ich doch versprochen hatte, dass ich sie retten komme, von unter Wasser. Ohne sie, ohne den Hüftschwung Richtung Meer, da wär ich komplett zerschellt.

Dann wär ich auch ein Fall von *morte bianca*.

Aber da ist noch was, was ich denke.

Wer so stirbt wie Salvatore, der Typ, der in den Nachrichten kam und so heißt wie ich – Vor- und Nachname – und genauso alt ist wie ich, jobbender Schüler, alles genau gleich, der arbeitet normalerweise schwarz. Aber seinen Tod, den nennen sie dann weiß.

Das finde ich falsch.

Weil – weiß ist eine glückliche Braut.

Und der Schnee, den ich nur ein paarmal gesehen hab, aber der einen verzaubert.

Und die erste Seite vom Heft, als ich in der Schule war, die war schön, weil man sie noch ganz vollschreiben konnte und noch keine Fehler draufstanden und keine schlechten Noten.

Für Salvatore und die anderen, die so sterben wie er, für die muss man eine andere Farbe finden.

Das ist nicht leicht.

Rot nicht, das macht's nur noch schrecklicher.

Grün auch nicht. Das sieht nach so 'nem Ökoding aus.

Gelb erinnert an eine afrikanische Krankheit.

Blau ist das Meer, das wär ja ein Widerspruch.

Vielleicht bräunlich. Wie die ekligen Fische im Hafen.

Der bräunliche Tod.

Das könnte vielleicht passen.

So eine Farbe passt besser zu einem, der auf die Art stirbt.

Und bei so einem Tod hätte der berühmte Schriftsteller bestimmt an alles Mögliche gedacht – nur nicht an die Liebe.

Inhaltsverzeichnis

Anna Pavignano

©Stefano Veneruso

Anna Pavignano, geboren in der Provinz Novara, debütierte als Drehbuchautorin mit dem Film *Ricomincio da tre,* bei dem der Hauptdarsteller Massimo Troisi auch Regie führte. Die Zusammenarbeit mit dem großartigen Schauspieler dauerte bis zum Film *Il Postino* an (Regie: Michael Radford, fünf Oscar-Nominierungen, unter anderem in der Kategorie Drehbuch). Im Verlag Edizioni e/o sind von ihr erschienen: *Da domani mi alzo tardi, In bilico sul mare* sowie *Venezia, un sogno*. Ihr neuester Roman trägt den Titel *La Svedese* (Verdechiaro Edizioni, 2017). *nonsolo* Verlag hat 2018 ihre Erzählung *Chronik eines zufälligen Verbrechens/Cronaca di un fatto di cronaca* in der Anthologie *Spiegelungen/Vite allo specchio* veröffentlicht.

www.nonsoloverlag.de
info@nonsoloverlag.de

9 783947 767045